VIOLETTE LEDUC

THÉRÈSE
UND
ISABELLE

VIOLETTE LEDUC

THÉRÈSE
UND
ISABELLE

ROMAN

Aus dem Französischen von
Sina de Malafosse

Die Originalausgabe unter dem Titel
Thérèse et Isabelle
erschien 2000 bei Éditions Gallimard, Paris.

Die Übersetzerin dankt dem Deutschen Übersetzerfonds
für die Förderung dieser Arbeit und
Lis Künzli für ihre wertvolle Unterstützung.

ISBN 978-3-351-03865-6

Aufbau ist eine Marke
der Aufbau Verlag GmbH & Co. KG

1. Auflage 2021
© Aufbau Verlag GmbH & Co. KG, Berlin 2021
© Éditions Gallimard, Paris, 2000, for the present edition.
Einbandgestaltung zero-media.net, München
Satz Greiner & Reichel, Köln
Druck und Binden CPI books GmbH, Leck, Germany
Printed in Germany

www.aufbau-verlag.de

*Für Jacques Guérin,
in treuer Zuneigung*

Violette Leduc
Am Abend des 20. März 1955

Die Woche begann am Sonntagabend im Schuhputzraum. Wir polierten unsere Schuhe, die am Morgen in der heimischen Küche oder auch im Garten sauber gebürstet worden waren. Wir kamen aus der Stadt, hungrig waren wir nicht. Wir mieden den Speisesaal bis zum Montagmorgen, drehten stattdessen ein paar Runden im Hof und gingen in Zweierreihen in den Schuhputzraum, begleitet von dem gelangweilten Feldwebel. Es roch wie in einer Schusterei, doch glich der Raum sonst keineswegs den kleinen Werkbuden, in denen Nagel, Leiste und Hammer uns wieder Lust machten, den Fuß vor die Tür zu setzen. Wir polierten in einer Kapelle der Monotonie, fensterlos und schlecht beleuchtet, in der wir an den Abenden vor Schulbeginn mit unseren Hausschuhen auf dem Schoß vor uns hin träumten. Der tugendhafte Wachsgeruch, der in einer Drogerie belebend wirkt, bedrückte uns hier. Unbeholfen, lustlos schwenkten wir unsere Lappen. Wir hatten unsere Ungezwungenheit verloren. Die neue Aufseherin, die wie wir auf der

Bank saß, las und ließ sich von der Erzählung aus der Schule aus der Stadt führen, während wir im Schummerlicht mit dem Tuch über das Leder strichen. Wir waren an jenem Abend zehn Einrückende, blass in diesem Wartezimmerlicht, zehn Einrückende, die nicht miteinander sprachen, zehn Schmollende, die sich ähnelten, sich aus dem Weg gingen.

Meine Zukunft ähnelt der ihren nicht. Ich habe keine Zukunft am Mädcheninternat. Meine Mutter sagte, wenn du mir zu sehr fehlst, nehme ich dich wieder zu mir. Für die anderen Schülerinnen ist das Internat kein Schiff. Mutter kann mich jeden Moment wieder zu sich nehmen. Ich bin eine Reisende. Sie kann mich schon am ersten Schultag abholen, schon heute Abend. Dreißig Tage. Dreißig Tage bin ich schon an Bord. Ich will hier leben, will hier meine Schuhe polieren. Marthe wird man nicht abholen … Julienne wird man nicht abholen … Isabelle wird man nicht abholen … Sie sehen ihre Zukunft klar vor sich, obwohl ich jede Wette eingehen würde, dass Isabelle, wenn sie auf ihre Schuhe spuckt, auf die Schule spuckt. Mein Wachs wäre weniger fest, wenn ich spucken würde wie sie. Es wäre leichter zu verstreichen. Sie hat Glück. Ihre Eltern sind Lehrer. Wer sollte sie schon von der Schule nehmen? Sie spuckt. Vielleicht ist sie wütend, die beste Schülerin des Internats … Ich spucke wie sie, ich befeuchte mein

Wachs, doch wo werde ich in einem Monat sein? Ich bin eine schlechte Schülerin, die schlechteste im großen Schlafsaal. Das macht mir nichts aus. Ich hasse die Direktorin, spuck, Mädchen, spuck auf dein Wachs, ich hasse Nähen, Gymnastik, Chemie, ich hasse alles und meide meine Kameradinnen. Es ist traurig, aber ich will trotzdem nicht von hier weg. Meine Mutter hat geheiratet, meine Mutter hat mich betrogen.

Die Bürste fiel mir vom Schoß. Während ich noch grübelte, gab Isabelle meiner Glanzbürste einen Tritt.

»Meine Bürste, meine Bürste!«

Isabelle senkte den Blick, Isabelle spuckte fester auf das Boxcalf. Die Bürste rutschte zwischen die Füße der Aufseherin. Diesen Tritt wirst du mir bezahlen. Ich hob die Bürste auf, drückte Isabelles Gesicht nach hinten, fuhr mit den Fingern hinein, drückte mein Tuch voller Wachs, Staub und roter Creme in ihre Augen, ihren Mund, sah ihre milchweiße Haut im Ausschnitt ihrer Uniform, nahm meine Hand aus ihrem Gesicht, kehrte zu meinem Platz zurück. Wütend und wortlos säuberte sich Isabelle ihre Augen und Lippen, spuckte ein sechstes Mal auf ihren Schuh, zog die Schultern hoch, die Aufseherin klappte ihr Buch zu, klatschte in die Hände, das Licht zuckte zusammen. Isabelle fing wieder an, das Leder zu polieren.

Wir warteten auf sie. Sie schlug die Beine übereinander, rubbelte. »Wir müssen gehen«, sagte die neue Aufseherin schüchtern zu ihr. Wir waren mit klappernden Absätzen in den Schuhputzraum gekommen und schlichen in den schwarzen Hausschuhen falscher Waisen wieder hinaus. Der Filztreter, enger Verwandter der Espadrille, schluckt alles, was er streift: Stein, Holz, Erde. Auf Engelssohlen verließen wir den Raum, während uns der Seelenschmerz in die Füße sank. Wie jeden Sonntag gingen wir in Begleitung des Feldwebels in den Schlafsaal hoch, auf dem Weg stieg uns der Rosenduft des Reinigungsmittels in die Nase. Isabelle hatte uns auf der Treppe eingeholt.

Ich hasse sie, ich will sie hassen. Es wäre eine Erleichterung, sie noch mehr zu hassen. Morgen wird sie im Speisesaal wieder an meinem Tisch sitzen. Als Tischoberhaupt. Isabelle ist an meinem Tisch das Oberhaupt. Und ich kann den Tisch nicht wechseln. Ihr kleines schiefes Lächeln, wenn ich zu spät komme. Das habe ich ihr aus dem Gesicht gewischt. Diese angeborene Chuzpe, die werde ich ihr auch noch austreiben. Wenn es sein muss, werde ich zur Direktorin gehen, aber den Tisch im Speisesaal werde ich wechseln.

Wir traten in den Schlafsaal, wo der stumpfe Glanz des Linoleums eine Verheißung auf die Einsamkeit des Ganges um Mitternacht war. Wir hoben den Perkalvorhang und standen in unserem Schlafzimmer ohne Mauern, ohne Schloss. Isabelle schob nach allen anderen die Vorhangringe über die Stange, die Wache drehte ihre Runde. Wir öffneten unsere Koffer, nahmen unsere Wäsche heraus, legten sie in das Fach in unserem Schrank, behielten die Laken für unser schmales Bett zurück, warfen den Schlüssel in den Koffer und klappten ihn für acht Tage zu, verstauten auch ihn im Schrank, bezogen unser Bett. Die ins Licht der Stadt getauchten Gegenstände gehörten uns nicht. Wir legten unsere Uniform ab, hängten sie für den Spaziergang am Donnerstag auf einen Bügel, falteten unsere Unterwäsche, legten sie auf den Stuhl, nahmen unseren Morgenmantel vom Haken.

Isabelle verlässt mit ihrem Krug den Schlafsaal.

Ich lausche, wie die Troddel ihres Gürtels über das Linoleum streicht. Höre das Trommeln ihrer Finger auf der Emaille. Ihre Schlafnische an meiner. Es geschieht genau vor mir: ihr Kommen und Gehen. Hast du wieder geklimpert? Hast du schön geklimpert? Das fragt sie mich, wenn ich zu spät in den Speisesaal komme. Ich werde ihr das spöttische Lächeln aus dem Gesicht wischen. Ich habe nicht geklimpert. Ich habe Chopins verminderte Arpeggios geübt. Sie verspottet mich, weil ich mich im Musiksaal einschließe. Sie behauptet, ich mache Krach, sie behauptet, mich noch im Studiersaal hören zu können. Es stimmt: Ich ube, und es kommt nur Krach heraus. Wieder sie, immer sie, immer nur sie auf dem Treppenabsatz. Sie steht vor mir. Wenn ich gewusst hätte, dass sie Wasser vom Hahn holt, hätte ich mich langsamer ausgekleidet. Verschwinde ich? Komme ich wieder, wenn sie weg ist? Nein, ich bleibe. Ich habe keine Angst vor ihr – ich hasse sie. Sie steht mit dem Rücken zu mir. So etwas Abgebrühtes. Sie weiß, dass jemand hinter ihr steht, aber sie hat es nicht eilig. Als wollte sie mich ärgern – wenn sie wüsste, dass ich es bin. Aber sie weiß es nicht. Sie will nicht einmal wissen, wer hinter ihr steht. Wenn ich geahnt hätte, dass sie so trödeln würde, wäre ich nicht gekommen. Ich habe gedacht, sie sei weit weg, doch da ist sie, direkt vor mir. Ihr Krug fast voll. Endlich. Ihr langes offenes Haar kenne ich, ihr langes offenes Haar ist nichts Neues, sie führt es oft auf dem Gang spazieren. Entschuldigung. Sie hat Entschuldigung gesagt. Während ich an ihr Haar dachte, hat sie damit mein Gesicht berührt. Das übersteigt meine Phantasie. Sie hat ihr Haar zurückgeworfen und es mir ins Gesicht geschleudert. Ihr volles Haar auf meinen Lippen. Sie wusste nicht, dass ich hinter ihr stand und hat mir ihr Haar ins Gesicht geworfen! Sie wusste nicht, dass ich hinter ihr stand und hat sich bei mir entschuldigt. Nicht zu glauben. Sie sagt nicht: Ich halte dich auf, ich bin zu langsam, der Hahn funktioniert nicht. Sie wirft mir ihr Haar ins Gesicht und entschuldigt sich dabei. Es kommt weniger Wasser. Sie hat am Hahn gedreht. Ich werde nicht mit dir sprechen, es kommt kaum Wasser, aber kein Wort wirst du von mir hören. Du ignorierst mich, ich ignoriere dich. Warum willst du, dass ich warte? Ist es das, was du willst? Ich werde nichts sagen. Wenn du Zeit hast, habe ich auch Zeit.

Die Aufseherin im Gang rief nach uns, als würden wir zwei unter einer Decke stecken. Isabelle verließ den Raum.

Ich hörte, wie sie log und der neuen Aufseherin erklärte, es sei kein Wasser aus dem Hahn gekommen.

Die Aufseherin unterhielt sich mit ihr durch den Perkalvorhang: »Sie sind achtzehn? Wir sind fast gleich alt«, sagte die Aufseherin. Sie wurden vom Pfeifen eines Zuges unterbrochen, der aus dem Bahnhof fuhr, den wir um sieben Uhr verlassen hatten. Isabelle seifte sich ein.

Geklimpert? Hast du schön geklimpert? Wer kann mir sagen, was sie im Schilde führt? Sie ist eine, die etwas im Schilde führt. Sie träumt oder sie spuckt. Sie träumt und arbeitet besser als alle anderen.

»Und Sie, wie alt sind Sie?«, fragte mich die neue Aufseherin.

Isabelle wird erfahren, wie alt ich bin.

»Siebzehn«, murmelte ich.

»Sind Sie in derselben Klasse?«, fragte die Aufseherin.

»Ja, in derselben Klasse«, antwortete Isabelle, die frenetisch ihren Waschhandschuh ausspülte.

»Sie lügt«, rief ich. »Merken Sie nicht, dass sie sich über Sie lustig macht? Ich bin nicht in ihrer Klasse und es ist mir auch egal.«

»Benehmen Sie sich«, sagte die Aufseherin zu mir.

Ich schob meinen Vorhang ein Stück beiseite. Der Feldwebel ging davon und nahm auf dem Gang seine Lektüre wieder auf. Isabelle lachte in ihrer Nische. Eine Schülerin bastelte etwas aus dem Verpackungspapier ihrer Süßigkeiten.

»Ich habe strikte Anweisungen«, sagte die neue Aufseherin leise. »Keine Besuche in anderen Nischen. Jede bleibt bei sich.«

•

Jede Nacht konnte es zu einer Inspektion durch die Direktorin kommen. Wir überprüften unsere Kämme, unsere Nagelbürste, unsere Waschschüssel, wir legten uns in das anonyme Bett eines kleinen Klinikzimmers. Gewaschen und gekämmt, tadellos in unseren Betten liegend präsentierten wir uns der Aufseherin. Manche Schülerinnen schenkten ihr Süßigkeiten, hielten sie mit platten Schmeicheleien auf, während Isabelle sich in ihr Grab zurückzog. Sobald ich mir in meinem kalten Bett ein warmes Nest geschaffen hatte, vergaß ich sie, aber wenn ich wach wurde, suchte ich nach ihr, um sie zu hassen. Sie sprach nicht im Schlaf, ihr Bett ächzte nicht. Eines Nachts war ich um zwei Uhr aufgestanden und über den Gang gehuscht, hatte die Luft angehalten und ihrem Schlaf gelauscht. Sie war weg. Sie verspottete mich bis in den Schlaf. Ich drückte mich an ihren Vorhang, horchte wieder. Sie war nicht da, sie hatte immer das letzte Wort. Ich hasste sie im morgendlichen Halbschlaf, wenn um halb sieben die Glocken läuteten, wenn ihre tiefe Stimme ertönte, wenn ihr Waschwasser plätscherte, wenn sie ihr Kästchen mit der Zahnseife zuklappte. Man hört nur sie, dachte ich jedes Mal verbissen. Ich hasse den Staub ihres Zimmers, wenn sie mit dem Staubwedel unter meinen Vorhang fuhr, wenn sie gegen die Zwischenwand stieß, wenn sie ihre Faust in den Perkalstoff ihres Vorhangs bohrte. Sie sprach wenig, tat wie befohlen, im Schlafsaal, im Speisesaal, beim Aufstellen. Auf dem Pausenhof zog sie sich zurück, dachte nach. Ich fragte mich, woher sie ihre Überheblichkeit nahm. Sie war fleißig, wirkte jedoch weder selbstgefällig noch besonders eifrig. Isabelle zog oft an der Schleife meiner Schürze, und wenn ich mich umdrehte, mimte sie die Unschuldige. Mit diesem Kleinmädchenstreich begann sie den Tag und band die Schleife in meinem Rücken gleich wieder zu, demütigte mich so zweimal.

Leise wie ein Dieb stand ich auf. Die neue Aufseherin unterbrach das Bürsten ihrer Nägel. Ich wartete. Isabelle, die keinen Husten hatte, hustete: An jenem Abend lag sie wach. Ich tat, als gäbe es sie nicht, schob meinen Arm bis zur Schulter in einen Beutel aus tristem Stoff, der am Schrank hing. Im Wäschebeutel versteckte ich Bücher und meine Taschenlampe. Ich las nachts. An jenem Abend legte ich mich mit dem Buch, mit der Taschenlampe, aber ohne Lust auf die Lektüre wieder hin. Ich schaltete das Licht ein, ließ meinen Blick auf den Filzpantoffeln unter dem Stuhl ruhen. Das künstliche Mondlicht, das aus dem Zimmer der Aufseherin drang, ließ die Gegenstände meiner Zelle verblassen.

Ich schaltete die Lampe aus, eine Schülerin zerknüllte Papier, lustlos schob ich das Buch von mir weg. Lebloser als eine Grabfigur, dachte ich, als ich mir Isabelle vorstellte, starr in ihrem Nachthemd. Das Buch klappte zu, die Lampe sank ins Daunenbett. Ich faltete die Hände, betete wortlos, forderte eine Welt, die ich nicht kannte, lauschte der Wolke in ihrer Muschel, nah an meinem Bauch. Auch die Aufseherin schaltete ihr Licht aus. Die Glückliche schläft, die Glückliche liegt versunken in ihrem Grab. Das helle Ticken meiner Armbanduhr auf dem Nachttisch setzte meiner Unentschlossenheit ein Ende. Ich griff wieder zum Buch, las unter dem Laken.

Jemand spionierte hinter meinem Vorhang. Selbst unter dem Laken hörte ich das unerbittliche Ticken. Ein Nachtzug verließ den Bahnhof, folgte dem gellen Pfeifen, das die unheimliche Dunkelheit der Schule durchdrang. Ich schlug das Laken zurück, hatte auf einmal Angst vor dem besinnungslosen Schlafsaal.

Hinter dem Perkalvorhang ertönte mein Name.

Ich stellte mich tot. Zog das Laken wieder über meinen Kopf. Schaltete die Taschenlampe ein.

»Thérèse«, erklang es in meiner Nische.

Ich schaltete das Licht aus.

»Was machst du unter der Decke?«, fragte die Stimme, die ich nicht erkannte.

»Ich lese.«

Das Laken wurde heruntergerissen, jemand zog mich an den Haaren.

»Ich sage doch, ich lese!«

»Nicht so laut«, sagte Isabelle.

Eine Schülerin hustete.

»Du kannst mich verpfeifen, wenn du willst.«

Sie wird mich nicht verpfeifen. Ich weiß, dass ich ihr mit diesen Worten Unrecht tue.

»Schläfst du nicht? Ich dachte, du bist die beste Schläferin im ganzen Saal.«

»Nicht so laut«, sagte sie.

Ich flüsterte zu laut, ich wollte dem Spaß ein Ende

setzen, denn ich war so beflügelt, dass es an Hochmut grenzte.

Meine Besucherin Isabelle blieb am Perkalvorhang stehen. Ich misstraute ihrer Schüchternheit, ihrem langen offenen Haar in meiner Nische.

»Ich habe Angst, dass du nein sagst. Sag bitte ja«, hauchte Isabelle.

Ich hatte meine Taschenlampe eingeschaltet, war gegen meinen Willen zuvorkommend.

»Sag ja!«, flüsterte Isabelle.

Sie stützte sich mit einem Finger auf meinen Waschtisch.

Sie schob die Aufschläge ihres Morgenmantels übereinander, zog die Kordel fester. Ihre Haare fielen schwer auf ihre Gärten, ihr Gesicht reifte.

»Was liest du?« Sie nahm ihren Finger vom Waschtisch.

»Ich habe gerade angefangen, als du kamst.« Ich schaltete das Licht aus, weil sie auf mein Buch schaute.

»Der Titel … Sag mir den Titel.«

»Ein glücklicher Mensch.«

»Das soll ein Titel sein? Ist es gut?«

»Ich weiß nicht. Ich habe es erst angefangen.«

Isabelle drehte sich auf dem Absatz herum, ein Ring des Vorhangs glitt über die Stange. Ich glaubte, sie würde erneut in ihrem Grab verschwinden. Sie blieb stehen.

»Komm und lies in meinem Zimmer.«

Sie tat noch einen weiteren Schritt, schuf Abstand zwischen ihrer Frage und meiner Antwort.

»Kommst du? Ja?«

»Ich weiß nicht.«

Sie verließ meine Nische.

Mit meiner Ruhe war es aus, mein Atem ging schnell. Sie ging zurück in ihr Bett, in ihr Nest.

Ich wollte, dass sie reglos dalag, wenn ich mein Bett, mein Nest verließ. Isabelle hatte nur das Laken gesehen, das ich hochgezogen hatte bis zum Kinn. Sie wusste nicht, dass ich ein besonderes Nachthemd trug, ein Nachthemd aus Waffelpiqué. Ich war der Ansicht, dass Persönlichkeit von außen kommt, durch Kleidung, die sich von der der anderen unterscheidet. Meine Besucherin hatte meine Wäsche zerknittert, ohne sie zu berühren, ohne sie auch nur zu erahnen. Das Nachthemd glitt zart wie ein Spinnennetz über meine Hüften. Ich zog mein Internatsnachthemd an, verließ meine Nische mit geballten Fäusten in regelkonformen Manschetten. Die Aufseherin schlief, vor dem Perkalvorhang hielt ich zögernd inne. Dann schob ich ihn beiseite.

»Wie spät ist es?«, fragte ich lebhaft.

Ich blieb im Rahmen stehen, richtete meine Lampe auf eine Stelle neben dem Nachttisch.

»Komm, hier ist genug Platz …«

Ich konnte mich nicht an ihr langes offenes Haar gewöhnen, das Haar einer einschüchternden Fremden. Isabelle sah auf die Uhr.

»Kommst du nun oder nicht?«, fragte sie ihre Armbanduhr.

Ihr üppiges Haar, das über die Stäbe am Kopfende des Bettes, ihre Schultern, den Nachttisch, das Zierdeckchen fegte, zog mich in seinen Bann. Ich fürchtete sie, diese spiegelnde Fläche, die das Gesicht einer Kranken in einem Klinikbett verbarg. Ich schaltete das Licht aus.

Isabelle stand auf. Sie nahm mir das Buch und die Lampe ab.

»Komm jetzt endlich«, sagte Isabelle.

Sie legte sich wieder hin.

Von ihrem Bett aus richtete sie die Lampe auf mich.

Ich trat näher. Isabelle klopfte sacht auf ihr Haar.

Ich setzte mich an den Rand der Matratze. Sie streckte ihre Hand aus, nahm über meine Schulter hinweg mein Buch vom Nachttisch, gab es mir, beruhigte mich. Ich blätterte darin, weil sie mich ansah, wusste nicht, auf welcher Seite ich es aufschlagen sollte. Sie wartete mit mir. Ich klammerte mich an den ersten Buchstaben des ersten Satzes.

»Elf Uhr«, sagte Isabelle.

Wir wünschten uns den ersten und den letzten der elf Schuluhrschläge.

Ich betrachtete die Wörter auf der ersten Seite, ohne sie zu sehen. Sie nahm mir das Buch aus der Hand, schaltete das Licht aus.

Isabelle zog mich nach hinten, legte mich quer auf die Daunendecke, zog mich hoch, hielt mich in ihren Armen: Sie zog mich aus einer Welt, in der ich nicht gelebt hatte, und warf mich in eine andere, in der ich noch nicht lebte. Ihre Lippen öffneten die meinen, befeuchteten meine zusammengebissenen Zähne. Ich fürchtete mich vor ihrer fleischigen Zunge: Das fremde Geschlecht kam nicht herein. Ich wartete ab, abwesend und in mich gekehrt. Ihre Lippen wanderten über meine Lippen – Blütenblätter wischten den Staub von mir. Mein Herz war zu laut, ich wollte diesem zarten Siegel lauschen, dieser neuartigen Berührung. Isabelle küsst mich, dachte ich. Sie zog einen Kreis um meinen Mund, kreiste meine Verstörung ein, setzte in jeden Winkel einen frischen Kuss, zwei Staccatotöne, kehrte zurück, verweilte. Unter den Lidern waren meine Augen groß vor Erstaunen, ein Rauschen in zu großen Muscheln. Isabelle machte weiter, Stück für Stück sanken wir hinab in eine Nacht unter der Nacht der Schule, unter der Nacht der Stadt, unter der Nacht der Straßenbahndepots. Sie hatte ihren Honig auf meine Lippen gestrichen, die Sphingen waren wieder eingeschlafen. Ich wusste, dass man sie mir vorenthielt, noch bevor ich sie kannte. Sie lauschte dem, was sie mir gab, küsste den Dampf von einer Glasscheibe. Isabelle warf ihr Haar zurück, das uns Unterschlupf geboten hatte.

»Glaubst du, sie schläft?«, fragte Isabelle.

»Die Aufseherin?«

»Sie schläft«, entschied Isabelle.

»Sie schläft«, meinte auch ich.

»Du zitterst. Zieh deinen Morgenmantel aus, komm!«

Sie schlug die Decke zur Seite.

»Komm, ohne Licht«, sagte Isabelle.

Sie legte sich in ihrem Bett, in ihrer Nische an die Wand. Ich zog meinen Morgenmantel aus, fühlte mich zu neu auf dem Läufer einer alten Welt. Ich musste schnell zu ihr, der Boden schwankte. Ich legte mich an den Rand der Matratze, bereit, mich wie ein Dieb davonzustehlen.

»Dir ist kalt. Komm doch näher«, sagte Isabelle.

Jemand hustete im Schlaf, versuchte uns zu trennen.

Schon hielt sie mich zurück, schon war ich zurückgehalten, und ihr übermütiger Fuß an meinem, der Knöchel, der sich an meinem rieb, nahm uns die Angst. Mein Nachthemd streifte mich, während wir umschlungen herumrollten. Wir hielten inne, der Schlafsaal kehrte in unsere Wahrnehmung zurück, wir lauschten der Dunkelheit. Isabelle schaltete das Licht ein, sie wollte mein Gesicht sehen. Ich nahm ihr die Lampe weg. Isabelle wurde von einer Welle ins Bett gespült, schoss empor, tauchte mit dem Gesicht voran hinab, zog mich an sich. Von dem Gürtel, den sie mir anlegte, blätterten Rosenblüten ab. Ich legte ihr den gleichen Gürtel an. Doch nur zaghaft. Ich traute mich nicht.

»Das Bett darf nicht ächzen«, flüsterte sie.

Ich suchte nach einer kühlen Stelle auf dem Kopfkissen, als ob das Bett an einer solchen Stelle nicht ächzen würde, fand ein Kissen aus blondem Haar. Isabelle zog mich wieder auf sich.

Wieder hielten wir uns umschlungen, wollten uns verschlingen lassen. Wir hatten unsere Familie, die Welt, die Zeit, die Klarheit abgeschüttelt. Ich wollte, dass Isabelle, auf mein weitoffenes Herz gedrückt, in es hineinsank. Liebe ist eine anstrengende Erfindung. Isabelle, Thérèse, dachte ich im Stillen, um mich an die magische Einfachheit der beiden Namen zu gewöhnen.

Sie mummte meine Schultern in den Hermelin ihres Arms ein, sie legte meine Hand in die Vertiefung zwischen ihren Brüsten, auf den Stoff ihres Nachthemds. Wie verzaubert waren meine Hand unter der ihren, mein Hals, meine von ihrem Arm umhüllten Schultern. Doch mein Gesicht fühlte sich einsam, an den Lidern war mir kalt. Isabelle bemerkte es. Um mich überall aufzuwärmen, stieß ihre Zunge ungeduldig gegen meine Zähne. Ich verschloss mich, verbarrikadierte mich im Innern meines Mundes. Sie wartete: So brachte sie mir bei, mich zu öffnen, mich zu entfalten. Sie war die heimliche Muse meines Körpers. Ihre Zunge, ihre kleine Flamme betörte mein Blut, meinen Leib. Ich reagierte, provozierte, kämpfte, wollte sie übertrumpfen. Das Schmatzen der Lippen, das Zischen des Speichels ging uns nichts mehr an. Wir rangen verbissen, doch sobald wir im Gleichtakt langsamer, methodisch wurden, verdickte sich der Trank. Nach so viel ausgetauschtem Speichel lösten sich unsere Lippen von allein. Isabelle sank auf meine Schulter.

»Ein Zug«, sagte sie, um Atem zu schöpfen.

In meinem Bauch windet sich etwas. Ich habe Angst: Ich habe einen Kraken im Bauch.

Mit einem Finger zeichnete Isabelle meinen Mund nach. Der Finger fiel von meinen Lippen auf meinen Hals. Ich ergriff ihn, führte ihn über meine Wimpern.

»Sie gehören alle dir«, sagte ich.

Isabelle schweigt. Isabelle rührt sich nicht. Wenn sie schläft, ist es vorbei. Isabelle hat zu ihren alten Gewohnheiten zurückgefunden. Ich vertraue ihr nicht mehr. Ich muss gehen. Ihre Nische ist nicht mehr die meine. Ich kann nicht aufstehen. Wir sind nicht fertig. Ich habe keine Ahnung, aber fertig sind wir nicht. Wenn sie schläft, kommt das einer Entführung gleich.

Isabelle vertreibt mich, wenn sie schläft. Mach, dass sie nicht schläft, mach, dass die Nacht keine Nacht hervorbringt. Isabelle schläft nicht!

Sie hob meinen Arm, trank aus meiner Achsel. Meine Hüfte wurde bleich. Ich spürte kalte Lust. Ich konnte mich nicht daran gewöhnen, so viel zu empfangen. Ich lauschte dem, was sie nahm und dem, was sie gab, ich blinzelte vor Dankbarkeit – ich stillte. Isabelle warf sich auf eine andere Stelle. Sie glättete mein Haar, sie streichelte die Nacht in meinem Haar und die Nacht glitt über meine Wangen. Sie hielt inne vor dem nächsten Akt. Stirn an Stirn lauschten wir dem Wirbel, überließen uns ihm schweigend, ergaben uns.

Die Berührung ist dem Erschauern, was der Sonnenuntergang dem Blitzschlag ist. Isabelle zog einen Rechen aus Licht von der Schulter bis zum Handgelenk, fuhr mit dem Fünffingerspiegel meinen Hals, meinen Nacken, meinen Rücken entlang. Ich folgte dieser Hand, sah vor meinen Augen einen Nacken, eine Schulter, einen Arm, die nicht mein Nacken, meine Schulter, mein Arm waren. Sie drang gewaltsam in mein Ohr, wie sie in meinen Mund gedrungen war. Ein zynischer Trick, eine erstaunliche Empfindung. Ich gefror, ich fürchtete ihre bestialische Raffinesse. Isabelle fand mich, hielt mich an den Haaren fest, begann von Neuem. Mein Leib aus Eis verunsicherte mich, doch der prächtige von Isabelle beruhigte mich.

Sie lehnte sich aus dem Bett, zog die Nachttischschublade auf. Ich ergriff ihre Hand.

»Ein Schnürsenkel! Warum denn ein Schnürsenkel?«

»Ich binde meine Haare zusammen. Sei still, sonst werden wir erwischt.«

Isabelle band einen Knoten, Isabelle bereitete sich vor.

Sie, auf die ich wartete, kam gerüstet. Ich hörte nur mein Herz, riesig und allein. Von ihren Lippen fiel ein bläuliches Ei dorthin, wo sie mich zurückgelassen hatte, wo sie sich mir wieder zuwandte. Sie knöpfte den Kragen meines Nachthemds auf, prüfte mit ihrer Stirn, mit ihrer Wange die Wölbung meiner Schulter. Ich ließ die wundersamen Dinge zu, die sie sich auf meiner Schulterwölbung ausdachte. Sie lehrte mich Demut. Ich bekam Angst. Ich bin aus Fleisch und Blut, ich bin lebendig. Ich bin keine Götzenfigur.

»Nicht so viel!«, bat ich.

Sie schloss den Kragen meines Nachthemds wieder.

»Bin ich zu schwer?«, fragte sie sanft.

»Geh nicht weg …«

Ich wollte sie in meine Arme ziehen, doch ich traute mich nicht. Die Viertelstunden fielen von der Uhr, Isabelle zeichnete eine Schnecke auf die dürftige Fläche unter dem Ohrläppchen. Unabsichtlich kitzelte sie mich. Es war albern.

»Fester«, bat ich.

Sie nahm mein Gesicht in ihre Hände, als wäre ich geköpft worden, stieß ihre Zunge in meinen Mund. Sie wollte uns knochig, bohrend. Wir rissen uns an steinernen Nadeln auf. Der Kuss wurde langsamer in meinem Innern, mündete wie ein warmer Fluss ins Meer.

»Mehr.«

»Noch lange.«

Wir hatten aufgehört uns zu küssen, wir legten uns hin und ließen, wo uns die Worte fehlten, unsere aneinandergelegten Fingerknöchel sprechen.

Isabelle hustete, unsere verschränkten Hände verstummten.

»Lass es zu«, sagte sie.

Sie küsste die Kragenspitzen, die rote Borte meines Nachthemds, formte die Gnade, die wir an der Schulter haben. Ihre aufmerksame Hand zog Linien auf meinen Linien, Kurven um meine Kurven. Hinter geschlossenen Lidern sah ich den Schein meiner wiederauferstandenen Schulter, lauschte dem Licht in der Berührung.

Ich hielt sie auf.

»Lass mich weitermachen«, sagte Isabelle.

Die Stimme war schleppend, die Hand blieb im

Daunenbett stecken. Ich fühlte die Form von Isabelles Hals, ihrer Schulter, ihres Arms an meinem Hals, meiner Schulter, meinem Arm.

In jeder Pore meiner Haut öffnete sich eine Blüte. Ich nahm ihren Arm, dankte mit einem purpurnen Kuss in der Beuge.

»Du bist lieb, du bist gut«, sagte ich.

»Ich bin also gut!«

»Was kann ich für dich tun?«

Mein armseliger Wortschatz entmutigte mich. Isabelles Hände zitterten, rückten auf meinem Nachthemd ein Mieder aus Musselin zurecht; sie zitterten wie die Hände einer Süchtigen.

Isabelle richtete sich im Bett auf, bog meine Taille. Sie rieb ihre Wange an meiner, erzählte mit ihr eine tröstliche Geschichte. Sie ließ ihre Hände auf meinen Brustkorb fallen. Wir lauschten dem Miauen einer Katze im Ehrenhof.

Isabelles Finger öffneten sich, schlossen sich zu einer Gänseblümchenknospe, zogen meine Brüste aus dem Blütenblass. Ich kam im Frühling zur Welt, mit dem Zwitschern des Flieders unter der Haut.

»Komm, komm wieder zu mir«, sagte ich.

Isabelle streichelte meine Hüfte. Mein berührter Leib wurde Berührung, meine gestreichelte Hüfte strahlte in meine berauschten Beine, in meine weichen Waden aus. Zärtlich wurde mein Bauch gefoltert.

»Ich kann nicht mehr.«

Wir warteten, horchten ängstlich in die Dunkelheit.

Ich nahm sie in die Arme, drückte sie in dem schmalen Bett nicht an mich, wie ich es mir wünschte, drückte sie nicht in mich. Sie machte sich los, war ein forderndes kleines Mädchen:

»Ich will aber, ich will.«

Ich werde das Gleiche wollen wie sie, wenn die trägen Kraken von mir lassen, wenn keine Sternschnuppen mehr durch meine Glieder rauschen. Ich warte auf eine Steinflut.

»Komm her, komm wieder her …«

»Du hilfst mir nicht«, sagte Isabelle.

Die Hand glitt vorwärts unter dem Stoff. Ich lauschte der Kühle ihrer Hand, sie lauschte der Wärme meiner Haut. Der Finger erforschte die Stelle, wo die Hinterbacken sich berühren. Er tauchte in die Falte, tauchte wieder auf. Mit einer Hand streichelte Isabelle beide Backen gleichzeitig. Meine Knie, meine Füße faulten.

»Es ist zu viel. Ich sage dir, es ist zu viel.«

Ungerührt streichelte Isabelle weiter, schnell und lange.

Quälende Schärfe. Isabelle fiel auf mich.

»Geht es dir gut?«

»Ja«, sagte ich, unbefriedigt.

Sie glitt unter die Decke, legte ihre Wange auf meinen Bauch, lauschte ihrem Kind, denn genau dort schlug mein Herz. Ich streckte die Hand aus, fand ihr Gesicht, ihren Mund, ihr Haar, weit weg von meinem, ein stilles Leiden im Leib:

»Komm wieder her. Ich bin allein.«

Das Gewicht des Kopfes, der sich in meine Leiste schob, erschreckte mich.

Sie kam zurück, bot mir einen Kuss an, legte ihre Lippen artig auf meine.

An dem Stoff über meinem Busch wetzte sich Isabelle die Krallen, sie fuhr hinein, heraus, nein, sie fuhr nicht hinein, nicht heraus; sie wiegte meine Leiste, ihre Finger, den Stoff, die Zeit.

»Gefällt dir das?«

»Ja, Isabelle.«

Meine Höflichkeit missfiel mir.

Isabelle machte anders weiter, mit einem monotonen Finger auf einer Lippe. Mein Körper sog das Licht des Fingers auf wie Sand das Wasser.

»Später«, flüsterte sie an meinem Hals.

»Willst du, dass ich gehe? Soll ich in mein Bett zurück?«

»Es muss sein.«

»Willst du, dass wir uns trennen?«

»Ja.«

In meinem Innern ein Sturm:

»Das ist doch zu früh.«

»Denk an heute Abend, denk an die kommenden Abende. Du bist nicht müde, aber nachher wirst du es sein«, widersprach Isabelle.

Ich stand auf, nahm meine Lampe, fuhr mit der Zunge über meine Lippen, fand darauf nicht das Salz von Isabelles Lippen.

Wir beugten uns über ihre Uhr, vermieden es, uns erneut anzusehen.

»Pass auf, wenn du über den Gang gehst.«

»Ich passe nicht auf.«

Ich ging.

Ich kehre zu euch zurück, verlassene Gegenstände. Mein Bett ist nicht mehr mein Bett. Ihr Dinge werdet mir noch nützlich sein, sonst würde ich euch zermalmen. Die Nische gegenüber stellt Reliquien aus. Sie hat gesagt, es sei genug. Jetzt ist die Nacht der Barrikaden. Ihr Duft gehört mir. Ich habe ihren Duft verloren. Gebt mir ihren Duft zurück – schläft sie? Ja, sie schläft in dem Grab in ihrem Bett, erfreut sich der Leere auf dem Kissen. Sie schickt mich weg, sie hat mir alles genommen. Ich kann nicht auf etwas ruhen, das nicht mehr existiert. Ich werfe meine Lampe hin, nage an den Stäben meines Bettes, beiße in die Seife, kaue Zahnpasta, kratze mich, bestrafe mich.

Ich schalte die Taschenlampe ein, schalte aus, schalte ein, schalte aus. Ich signalisiere ihr bis in den Schlaf, dass ich wach bin, dass ich auf sie warte. Ich schalte ein, schalte aus, ich will ihr Atmen vernichten. Ich will sie wiedersehen.

Ich verließ meine Nische, stellte mich vor ihren Vorhang, hoffte auf das orangerote Licht zwischen meinen Fingern.

Ihr Name, meine Ergebenheit.

Die Schülerinnen und die Aufpasserin saugen sich mit Schatten und Abwesenheit voll. Ich hingegen wache, ich bin auf der Hut.

»Schläfst du?«, flüsterte ich unnötigerweise.

Worte, die ich der Stille entriss und der Finsternis zurückgab.

Ich trat in ihre Nische, näherte mich ihren Überresten.

Blind und taubstumm klügelt Isabelle heimlich etwas aus, sieht eine Welt mit den Augen des Schlafs. Obsessive Ruhe hinter der Stirn der Schlafenden. Ich beuge mich über sie wie einer der heiligen drei Könige. Ich reize sie, wage aber nicht sie zu wecken. Das Werk einer Schlafenden ist nie vollendet. Ich schalte aus, die Stille drückt auf meine Schläfen. Ich schalte ein, die Schlafende dreht sich auf den Rücken, bietet der Decke ihr Gesicht als Opfergabe, richtet sich auf dem Kissen ein wie eine Kranke, die leidet bis in den Schlaf, und nimmt das Land ihres Schlafes, das wir nicht kennen werden, mit sich. Ich setze mich ans Fußende des Bettes, auf die weiche Daunendecke, die herunterrutscht, schaue sie an, ohne sie zu durchschauen. Ich berühre die Hand der atmenden Statue. Sie schläft ohne Daunenbett. Ihr wird kalt werden. Sie ist also kein Stein auf einem Sockel. Ich nähere mich. Nehme den Hyazinthenduft vom Mund der Schlafenden, ziehe sie hoch und an mich, bis ich das verrückte Glücksgefühl spüre, das einen zum Lachen bringt. Ich lache. Isabelle erwacht an meinen Lippen, es ist Weihnachtsmorgen … Wie lange habe ich darauf gewartet, dass sich diese Lider heben, wie sehr meine Geburt in ihren Augen herbeigesehnt.

»Bist du nicht gegangen?«

»Ich bin zurückgekommen.«

Sie scheint nachzudenken. Nein. Sie ruht sich aus, verlängert in meinen Augen ihre Kur des Vergessens. Sie spricht:

»Hast du über mich gewacht?«

»Was? Sag schnell.«

»Nichts. Morgen …«

»Es ist Morgen. Sag schon, sag!«

»Nichts.«

Sie fällt auf ihr Kissen zurück. Die ausgekühlte Isabelle entzieht sich meinen Armen, meinen Händen. Die Gleichgültige wird wieder einschlafen.

»Geh nicht!«

Meine Angst hält sie davon ab.

»Komm wieder in meinen Mund«, sagt sie.

Endlich rührt sie sich, spricht es in mein Haar, an meinem Ohr, und ich schalte aus, um mich in den Abgrund eines Kusses fallen zu lassen.

»Du schläfst, wenn ich hier bin.«

»Habe ich geschlafen?«

»Während du geschlafen hast, waren wir getrennt.«

Isabelle hört mir mit ganzer Seele zu.

»Ich war unglücklich. Jetzt schläfst du nicht?«

»Du musst mich entschuldigen. Ich war so müde. Und du, hast du nicht geschlafen?«

»Nein. Ich habe gewartet.«

»Ich verspreche dir, dass ich nicht mehr schlafen werde, wenn du hier bist.«

»Oh, du versprichst es«, sagte ich.

Ich verbarg mein Gesicht in meinen Armen.

»Weinst du?«

»Ich weine nicht.«

»Wenn du weinst, wird man uns erwischen«, sagte Isabelle.

»Man wird uns erwischen. Na und?«

»Denkst du denn gar nicht an morgen Abend?«

»Hauen wir ab! Morgen werden wir frei sein.«

»Sprich leiser«, sagte sie.

»Du willst nicht. Warum nicht?«

»Weil es unmöglich ist.«

»Diesmal gehe ich wirklich«, sagte ich.

Ich ging wieder.

Isabelle folgte mir auf den Gang:

»Glaubst du denn, dass wir uns zwischen zwei Gendarmen umarmen können?«

Sie zog mich in ihre Zelle zurück, schlang neue Arme um mich, während ich vorgab, ihr zu widerstehen. Es war das erste Mal, dass sie mich stehend umarmte.

Wir lauschten dem strudelnden Stern in unserem Innern, um uns drehte sich die Finsternis des Schlafsaals.

Ich holte Isabelle von einem windigen Winterstrand, schlug das Laken zurück, führte sie.

»Es ist spät. Schlaf. Ich war vorhin im Unrecht: Du musst schlafen.«

»Aber nein.«

»Du gähnst.«

»Komm näher! Ich will dich sehen.«

Das Licht der Taschenlampe tat ihr in den Augen weh. Bald würde sich wieder die schlaffe Maske über ihr Gesicht legen.

»Schlaf nicht ein …«

»Ich verspreche es dir.«

Ich warte, ich schaue sie an. Ich warte, in meinem Bauch webt die Spinne, webt mein Geschlecht ein und wird zuschnappen, wenn ich nicht frage … Was soll ich fragen?

Sie fragt sich, wie lange ich durchhalte mit dieser

Droge, die sie mir in die Augen streut. Unser geheimes Einverständnis hüpft über das Wasser, schlägt Wellen, während mein stiller Richter über zukünftige Berührungen und Küsse urteilt. Ich betrachte sie, wie ich abends das Meer betrachte, wenn ich es nicht mehr sehe.

»Du musst gehen«, sagte Isabelle.

•

Morgens standen wir um halb sieben auf.

Die Aufseherinnen schoben die Ringe über die Vorhangstangen und traten in die Zellen, um nachzusehen, ob wir wach waren. Wir schlugen die Bettdecke zurück, wuschen uns mit kaltem Wasser, während die Matratze auskühlte, und machten das Bett, sobald wir angezogen waren. Um Viertel vor sieben öffnete die Schülerin, die Dienst hatte, den Schrank, nahm Schaufel und Besen heraus, fegte ihre Zelle und stellte den Besen vor die Nische ihrer Nachbarin. Um sieben Uhr fünfundzwanzig inspizierte die Aufseherin die Kämme, um sieben Uhr fünfundzwanzig prüften wir ein letztes Mal unsere Hände, unsere Fingernägel, um sieben Uhr fünfundzwanzig läutete die Glocke: Wir stellten uns im Gang auf, gingen in Zweierreihen die Treppe hinunter. Um sieben Uhr dreißig zogen wir im Schuhraum unsere Schuhe an, um sieben Uhr fünfunddreißig verteilten wir uns in der Halle und bildeten unseren Vorlieben entsprechend Grüppchen. Um sieben Uhr vierzig läutete der Concierge einmal. Die Schülerinnen stellten sich in der Halle auf. Wir gingen in den Speisesaal, nahmen die Steinguttöpfchen aus den Fächern, strichen Butter auf symmetrische Brotscheiben. Um sieben Uhr fünfzig kam die Direktorin herein. Wir ließen das Butterbrot fallen, gingen in Habachtstellung. Um acht Uhr klatschte die Oberaufseherin in die Hände. Wir standen auf, stellten den Steinguttopf in unser Fach zurück, schoben unseren Stuhl an den Tisch, die Brotkrümel in unsere Schüssel, stellten uns in Zweierreihen im Gang auf. Manche Mädchen huschten zu ihrer Geige, ihren Noten, ihrem Klavier. Wir drehten ein paar Runden im Hof, stellten uns erneut auf, um in den Studiersaal hochzugehen, nahmen die Bücher aus unserem Fach, lernten bis acht Uhr dreißig.

An jenem Montagmorgen zog ich mit Isabelle zu meiner Rechten feierlich in den Speisesaal ein: Wir traten in den breiten Gang wie in ein Fotostudio, es war der Tag unserer Hochzeit. Ich ging um Körbe mit weißen Blumen herum, setzte mich. Doch sie folgte mir nicht. Meine Hochzeit endete mit lärmendem Geplauder und dem beunruhigenden Geschmack von falschem Kaffee mit gesüßter Milch. Man hatte mich von ihr weggerissen, mir tat die Seite weh. Sie drehte dem Gang ihren Rücken zu, empfing die vom

Buntglas gedämpften Sonnenstrahlen. Ich blicke auf die Vase auf dem Tisch, wünschte sie mir als Schutzwall.

»Ich will, dass du mich ansiehst, wenn ich dich ansehe«, sagte sie hinter mir.

Sie nahm den Brotkorb hoch, stellte ihn an die gleiche Stelle zurück. Und ging ungerührt davon, weitete mit den Händen den Gürtel um ihre schmale Taille.

Sie beschmierte Brotscheiben mit Butter, legte sie aufeinander, nahm sie auseinander, schaute sie an, aß nicht. Sie stützte die Ellenbogen auf, drehte ihr Gesicht einer Schülerin zu, die mit ihr sprach.

Ich kenne das Geheimnis ihres schweren Zopfes, ich kenne die beiden großen Schildpattspangen auf ihrem Nachttisch. Ich schaue dich an, ich schaue dich an, rufen ihr meine Augen zu. Die Peitsche ihrer langen Haare, offen in der letzten Nacht, versetzt meinem Innern verschwommene Hiebe. Was habe ich denn getan?, fragt mich ihr schmeichelnder Blick. Ich kann ihr nicht sagen, dass ihr Arm auch aus der Ferne nach Maiglöckchen riecht, ihr geflochtenes Haar wie frischgebackenes Brot, ihre Wange wie Holunder nach einem Regenschauer, meine Lippen wie die Blumen der Salzgärten von Noirmoutiers, ihre Kehle nach dem dunklen Duft von Cassis.

Zwischen meinen Wimpern faltete Isabelle ihre

Serviette, schob ihre Schüssel weit von sich. Ich bat die zuständige Schülerin, den Abräumdienst übernehmen zu dürfen. Ich sammelte das Geschirr ein, aß Isabelles Brotkrümel aus ihrer Schüssel und nahm mir, als keiner hinsah, vom Rest.

Der Stuhl wurde zurückgeschoben, Isabelle sank vornüber auf den Tisch, die Oberaufseherin lief herbei. Einige Schülerinnen sprangen auf, umringten Isabelle. Ich hatte nicht das Recht, mich zu nähern: Ich war nicht mehr unschuldig.

Die Aufseherin strich ihr übers Haar, flüsterte ihr vor den kleinlauten Schülerinnen ins Ohr. Ich glaubte mich verstoßen. »Was ist los«?, summte die rothaarige Aufseherin. Zwei Schülerinnen, die neben ihr knieten, streichelten ihre Hand, berührten ihre Brust, kamen ihrem Herzen nahe.

Soll sie doch sterben, wenn schon die ganze Schule sie betatscht!

»Bleicht Zitrone die Hände?«, fragte ich meine Tischnachbarin.

Ich dachte nicht, was ich da sagte.

Sie soll nicht sterben. Sie wird nicht sterben. Wir sind zwei Unsterbliche. Was wäre ihr Tod für ein Affront.

»Isabelle geht es schlecht«, warf ich ein.

»Das ist nur Theater«, entgegnete die Schülerin.

»Isabelle geht es schlecht. Sei still.«

Ich werde sie abschneiden, diese affektierten Hände an Isabelles Armen. Ich werde sie abschneiden.

Isabelle hob den Kopf:

»Ich weiß nicht, was mit mir los war.«

Die Aufseherin und die Schülerinnen gingen davon. Ich trat zu ihr:

»Was fehlt dir?«

»Du.«

Die Schülerinnen erhoben sich und stellten sich auf. Isabelle streifte mit einem Finger meine Schulter. Eine Berührung, die sagte: Ich werde verraten, wenn du verrätst, ich werde stolpern, wenn du stolperst, ich werde vergehen, wenn du vergehst.

Ich stellte mich neben sie in die Reihe, mein Ellenbogen schob sich in ihre Hand. Sie deutete eine Liebkosung an, die Schülerinnen stoben auseinander. Wir marschierten noch im Gleichschritt, wir wollten Raum und würdevolle Distanz zwischen uns und die anderen bringen. Ja, wir wollten Feierlichkeit auf dem Pausenhof. Sie ging davon.

Isabelle verstreute im Davongehen etwas von ihrer Präsenz, der Gesang des Vogels in unserem baumlosen Hof brachte frischen Wind zu Tagesbeginn, ließ an die Lichtungen am Stadtrand denken. Isabelle ging davon. Ich wollte ein Stein sein, ein Stein mit Löchern anstelle von Augen. Ich versuchte sie mit einem Blick zum Himmel abzuschütteln, verfolgte die Verwandlung des Ungeheuers, das durch den Himmel zog, die zerfasernde Gestalt eines Skifahrers, ins Blau gezeichnet mit einem Stift aus Schnee. Eine Gestalt, die ich nicht hatte entstehen sehen. Sie löste sich vor meinen Augen auf, der Vogel verstummte, Isabelle verschwand, das von der Wolke verlassene Stück Himmel glich dem eintönigen Hintergrund eines Gemäldes. Die Mädchen wirbelten mit ihren Füßen den Staub auf. Der Gesang des Vogels hob erneut an, erstarb nach einem finalen Bukett, die Schülerinnen legten ihre Arme um Isabelles Hals, zogen sie mit. Ich verfluchte ihre Leichtigkeit, ich verfluchte meine Schwermut. Sie wurde von einer Gruppe, vom Geschrei des Hofes verschluckt. Von der wandelnden Toten sah ich nur noch den Zopf.

Ich trieb mich abseits bei den Toiletten herum. Ich ging hinein. In der Luft hing eine Mischung aus dem chemischen Geruch einer Bonbonfabrik und dem des Desinfektionsmittels. Den Atem der Generalreinigung, der uns an den Abenden vor Schulbeginn den Hals zuschnürte, hasste ich nun nicht mehr. Er war der Vorhang zu unserer Begegnung. Die Schreie der tobenden Mädchen rückten in die Ferne. Von dem häufig geschrubbten Sitz aus hellem Holz stieg Dampf auf, der zärtliche Dampf von Flachshaar. Ich beugte mich über die Schüssel. Das stehende Wasser spiegelte mein Gesicht, ein Gesicht vor der Erschaffung der

Welt. Ich berührte den Griff, die Kette, zog meine Hand zurück. Die Kette pendelte neben der tristen Wasserfläche. Jemand rief nach mir. Ich wagte es nicht, den Haken einzulegen, um mich einzusperren.

»Mach auf«, bat die Stimme.

Jemand drückte gegen die Tür.

Ich erblickte ein Auge, das den Ausschnitt der Toilettentür verdunkelte.

»Meine Liebste.«

Isabelle kam aus dem Land der Stürme, der Umstürze, der Unglücke und Verheerungen. Sie rief mir ein befreites Wort zu, ein Programm, sie sandte mir den Atem des Nordmeers. Ich fand die Kraft zu schweigen und mich still zu brüsten.

Sie wartet auf mich, aber es gibt keine Sicherheit. Das Wort, das sie gesagt hat, ist zu stark. Wir schauen uns an, sind erstarrt.

Ich warf mich ihr in die Arme.

Ihre Lippen suchten Thérèse in meinem Haar, an meinem Hals, in den Falten meiner Schürze, zwischen meinen Fingern, auf meiner Schulter. Warum kann ich mich nicht vertausendfachen und mich ihr tausendfach schenken? Ich bin nur ich selbst. Das ist zu wenig. Ich bin kein Wald. Ein Halm in meinem Haar, ein Konfetti in den Falten meiner Schürze, ein Marienkäfer zwischen meinen Fingern, ein Flaum an meinem Hals, eine Narbe auf der Wange würden mehr aus mir machen. Warum biete ich kein Weidenlaub für ihre Hand auf meinem Haar?

Ich nahm ihr Gesicht in die Hände:

»Meine Liebste.«

Ich betrachtete sie, erinnerte mich bereits an sie, ich hatte sie einen letzten Augenblick und noch einen letzten bei mir. Wenn man liebt, steht man immer auf einem Bahnsteig.

»Du bist hier, du bist wirklich hier?«

Ich stellte ihr Fragen, doch forderte nur Schweigen. Wir säuselten, wir klagten, wir entpuppten uns als die geborenen Schauspielerinnen. Wir hielten uns umschlungen, bis uns die Luft wegblieb. Unsere Hände zitterten, unsere Augen fielen zu. Wir hielten inne, begannen von Neuem. Unsere Arme fielen herab, unsere Armseligkeit entzückte uns. Ich drückte ihre Schulter, wollte eine ungehobelte Berührung, wünschte mir unter der Hand eine borkige Schulter, eine Rinde. Sie schloss meine Finger zur Faust, glättete einen Stein. Ihre Zärtlichkeit blendete mich. Stirn an Stirn sagten wir entschlossen Nein. Wir umarmten uns ein letztes Mal, immer wieder ein letztes, vereinten zwei Baumstämme, wir waren die ersten und letzten Liebenden, so, wie wir im Augenblick des Todes die ersten und letzten Sterblichen sind. In Wellen schwappten die Schreie, das Getöse, der Lärm der Gespräche vom Hof zu uns.

»Fester, fester … bis ich keine Luft mehr bekomme«, sagte sie.

Ich drückte stärker, aber konnte die Schreie, den Hof, die Allee mit den Platanen nicht ersticken.

Sie machte sich los, wich zurück, kam wieder näher, verwandelte mich in ein Bund Blumen, bog mich nach hinten, sagte:

»So, so musst du es machen …«

Ihre Überlegenheit betrübte mich.

»Ich will dich jetzt drücken.«

»Du machst es nicht richtig«, sagte sie.

Melancholisch sah Isabelle mich an.

Ich stieß sie gegen die Toilettentür, taumelte gegen die Schüssel. Sie stützte sich an der Tür ab, der Haken fiel zu Boden. Schon reparierte sie meine Pfuscherei.

»Komm wieder her«, sagte sie.

Sie legte den Kopf zur Seite, gurrte.

»Beweg dich nicht. Ich sehe dich«, sagte ich, in ihr versunken.

Ich grub meine Zähne in ihren Hals, atmete die Nacht unter dem Kragen ihres Kleides ein; die Wurzeln eines Baumes bebten. Ich drückte sie, ich erstickte den Baum, ich drückte sie, ich erstickte die Stimmen, ich drückte sie, ich erstickte das Licht.

»Ist es wahr?«

»Es ist wahr«, sagte Isabelle.

Wir schauten auf das blaue Herz des Himmels im Türausschnitt, sahen, dass der Achtuhrhimmel sich schützend über die Erde breitete.

Isabelle bedeutete mir, dass wir uns nicht intensiv genug anschauten. Liebe ist Überanstrengung. Unsere Blicke verloren den Halt, entgleisten, fanden sich wieder. Ich folgte dem Ruf einer Schülerin in Isabelles Augen:

»Ich möchte dich verschlingen.«

Ich stieß sie gegen die Wand, nagelte ihre Hände mit meinen Handflächen fest. Meine Wimpern schlugen gegen Isabelles Wimpern.

»Es ist unfassbar«, seufzte sie.

Meine Brauen streichelten Isabelles Brauen.

»Es ist unfassbar, wie klar ich dich sehe«, sagte sie.

Wir redeten. Das war schade. Aussprechen ist Ermorden. Unsere Worte würden nicht wachsen und nicht schöner werden, würden im Innern unserer Knochen verdorren.

Ich versank in ihren Augen, fand helles Wasser.

»Ich …«

Worte lassen Gefühle welken. Ich legte ihr die Hand auf den Mund. Isabelle wollte es mir sagen.

»Ich …«

Solange sie noch gestehen wollte, ließ ich meine Hand liegen. Ich nahm meine Hand von ihrem Mund; sie ließ die Arme fallen.

»Hab keine Angst. Ich werde es nicht sagen.«

Sie warf einen traurigen Blick auf den Himmel im Türausschnitt. Ich hatte sie verletzt. Wir wurden vom Sturm der Schreie erfasst.

»Verstehst du es nicht?«

»Ich verstehe es nicht«, sagte Isabelle.

»Was du mir sagen willst … sag es mir später. Später.«

Sie löste meine Hände von ihrer Taille. Der Himmel im Türausschnitt veränderte sich, der schöne Zelluloidhimmel deprimierte uns.

»Zu dumm. Eben haben wir uns noch verstanden.«

»Jetzt verstehen wir uns nicht mehr«, sagte Isabelle.

An ihrer Stelle sprach ihre artige Doppelgängerin mit geschlossenen Augen. Ich wich einen Schritt zurück, sah von Isabelle nur zarte Umrisse. Sie fing sich wieder in einem erkaltenden Traum, die Schreie vom Hof durchbohrten uns.

»Bist du beleidigt?«

»Ich bin nicht beleidigt.«

»Sag etwas.«

»Nein.«

Die Statue wird in die Mauer eingehen, aufgesogen von der Toilettenwand.

»Verlässt du mich?«

»Auch ich warte«, sagte sie.

Die kalte Glätte ihres leisen »Neins«, die harte

Schönheit eines Eiszapfens im Mai, die ich vergessen werde, wenn ich weitab der Gärten zu sterben anfange.

Ich warf einen verstohlenen Blick auf das asphaltgraue Wasser.

Isabelle hob eine Hand, zog an der Schildpattspange in ihrem Zopf, aber zog sie nicht heraus. Ihre unvollendete Geste entzückte mich. Isabelle hielt die Augen geschlossen. Die Hand fiel herab, überwältigt von der Lethargie der Toilettenräume.

Ich nahm sie mit der ganzen Kraft meiner Reue in die Arme, ich atmete sie ein, presste sie an meinen Bauch, taumelte mit meinem neuen Gewicht.

Isabelle betörte meine Knöchel, meine vor Wonne faulenden Knie. Saft floss aus mir heraus wie aus einer schmelzenden Frucht. Weiche Folterklammern. Ihre Haarspange fiel in die Toilettenschüssel, wir verloren die Balance. Ich tauchte meine Hand ins Wasser, schob die Spange zurück in ihr Haar.

»Ich will diese Hand«, sagte sie.

Ihre Zuwendung ließ mich gefrieren. Ich war von meiner Hand getrennt, erkannte sie nicht mehr. Ich entzog ihr meine Hand, trocknete ihre feuchten Lippen mit meinen, schob meine Zunge in ihren Mund. Isabelle faltete ihre Hände: ein Altar für mein Kinn.

»Meine Frau.«

»Ja«, antwortete ihr mein blühendes Herz.

Sie sagte mir, ich solle mich umdrehen, legte einen Arm um mich, zog mich an sich, krümmte sich. Ich schämte mich, ihr den Rücken zuzuwenden, ein trostloser Anblick, an dem ich nichts verschönern konnte. Das Blut schoss mir in die Wangen, in den Hals, während ich ihren Busch zerknautschte und ihre Schürze zerknitterte. Unter ihrer Hand ging mein Atem stoßweise. Ich schluchzte tonlos, tränenlos. Auch Isabelle schluchzte, presste ihre Hand auf meine Schürze; ich spürte meine Kleider. Ein Schrei aus dem Hof fuhr mir durch den Bauch, mein Herz begann dort, wo der Schrei saß, zu schlagen. Eine Schülerin übte Klavier; ihr perlendes Spiel erinnerte mich an das kühle Tröpfeln eines Springbrunnens in einem Park. Mein Atem ging wieder gleichmäßig.

»Wie spät?«, fragte ich.

»Die Pause wurde verlängert. Die Studierzeit fällt aus.«

»Ich weiß. Wie spät?«

Ich machte mich los. Sie zog eine verächtliche Schnute.

»Von mir aus kann die Schule brennen.«

»Von mir aus auch.«

»Es ist mir egal, wenn ich rausgeworfen werde, aber es ist mir nicht egal, dass ich dann von dir getrennt werde. Verstehst du das nicht?«

»Getrennt werden wir ohnehin«, wandte ich ein.

Isabelle stürzte sich auf mich. Sie verdrehte meine Handgelenke:

»Getrennt, wir? Du spinnst. Auf jeden Fall nicht vor den großen Ferien.«

»Du wirst sehen. Meine Mutter, Isabelle, meine Mutter …« Meine Stimme versagte.

»Deine Mutter?«

»Sie will mich immer in ihrer Nähe haben.«

»Man wird uns nicht trennen«, sagte Isabelle.

Unsere Lippen vertrugen sich wieder, es folgte ein langer froher Kuss.

Jemand rüttelte an unserer Tür, jemand betrat die Toilette neben der unseren, niemand konnte uns stören. Das Trippeln auf dem Zementboden verriet uns, dass das kleine Mädchen bis zum letzten Augenblick gewartet hatte. Es schob seine Schürze, seinen Rock, seine Wäsche aus dem Weg. Ich schloss die Augen, verscheuchte die haarlose Scham des mir unbekannten Mädchens. Mein Körper fiel in Fetzen auf den Spitzenstoff. Ich öffnete die Augen, ich sah in Isabelles Augen, dass ich sie mit weißer Wäsche betrogen hatte. Das Mädchen erleichterte sich, doch wir waren von dem gleichförmigen Plätschern in der Schüssel peinlich berührt. Ich ahnte, dass mir das in Erinnerung bleiben würde. Sie sprang vom Sitz, auf ihre Füße, schloss sorgfältig die Tür hinter sich.

»Sag etwas, Thérèse.«

Ich werde dir die Plattitüden, die du forderst, nicht geben. Schweig. Umarme mich. Du bist ein Fünfhundertseelendorf, ich bin ein Fünfhundertseelendorf. Fester, fester.

»Oh«, sagte ich durch den Ausschnitt der Tür, »die Schülerinnen sind reingegangen. Alle …«

»Mir egal. Ich werde behaupten, dass mir schlecht war, und du wirst dir schon etwas ausdenken.«

»Was denn?«

»Eine Lüge«, sagte Isabelle.

»War dir im Speisesaal etwa nicht schlecht? Ich will es wissen.«

»Ich habe es dir gesagt.«

Ihre Haarsträhne wird immer ein Schnitt des Wahnsinns über ihrem Auge sein.

Isabelle küsste mich überall. Sie dekorierte mich mit Orden, ich überhäufte sie mit Medaillen. Frühling in unseren verschworenen Büschen.

»Ich kann nicht mehr.«

»Ich kann nicht mehr.«

Wir ließen die unter dem Haar verborgenen Geschlechter zur Ruhe kommen. Isabelles Kopf fiel auf meine Schulter. Ich trage einen Falken auf der Schulter, ich bin der Großfalkner.

»Genug«, sagte sie.

»Das hast du mir schon letzte Nacht gesagt.«

»Wir müssen uns trennen. Ich gehe als Erste.«

Sobald ich drei Blumenornamente auf den Gürtel ihrer Schürze geküsst habe.

»Nimm das. Sie soll bis heute Abend ein Band zwischen uns sein«, sagte Isabelle.

Sie streckte die Hand aus, nahm ihre Armbanduhr ab.

Eine Fliege schwirrt davon, Aufbruch. Im herzförmigen Ausschnitt sehe ich, wie Isabelle sich entfernt. Dem Staub des Hofes gehören ihre Füße, den Schildpattspangen gehört ihr Haar, der Luft ihre Lungen, die ich nicht mehr sehen, nicht an meinem Atem spüren werde.

•

Der Concierge läutete zur ersten Schulstunde, Externe rannten über den Ehrenhof, Interne schlugen die Tür ihres Faches zu, ein Mädchen brachte seiner Lehrerin Blumen, die neue Aufseherin fragte mich auf dem Flur aus, glaubte, ich hätte im Musiksaal Tonleitern geübt, ließ mich die Lüge wiederholen, zupfte ihre Häkelhandschuhe zurecht, presste ihre Schachtel mit Briefpapier an die Brust, war auf dem Weg in die Stadt, zur Post, zu den Parkbänken. Der Arm des Concierge, der sich hob, sich senkte, der läutend den Schulbeginn verkündete, pumpte uns die Luft ab. »Wo warst du?«, fragte mich auch eine Schülerin. Ich sagte der Aufseherin Lebewohl, einer Gefährtin – ich hatte mein Leben gelebt –, lief Richtung Studiersaal davon. Wenn ich mich langweilte – ich langweilte mich oft, da ich nicht arbeitete –, öffnete ich die Tür meines Fachs, betrachtete die Etiketten auf den geschlossenen Büchern, glaubte, dass meine faulen Bücher mit offenen Augen träumten wie ihre Besitzerin. Ich hatte die Namen der Autoren auf die Etiketten geschrieben. Ich verschränkte die Arme, lauschte lange und hörte schließlich die antiken Tragödien flüstern.

»Maiglöckchen!«

Der kleine Strauß lag auf meinem Ledermäppchen. Ich sah ein grünweißes Kruzifix aus Blättern und Blumen auf meinem Mäppchen liegen. Beim Anblick der Gabe versteinerte ich: Ich war zu glücklich. Ich schloss mein Fach, verschloss mich selbst, schaute wieder ins Fach. Der Strauß hatte sich nicht in Luft aufgelöst. Sie hatte mir Romanblumen geschenkt, lanzenförmige Blätter, Glücksbringer dort hineingelegt, wie man ein Kind, das man verlässt, in einen Korb bettet.

Ich zog mich mit meinem Schatz in den Schlafsaal zurück.

Ich ging über Wasser, setzte aus Rücksicht auf die Maiglöckchen in meiner Faust vorsichtig meine Kristallfüße auf. Ich trat in Isabelles Nische, schwänzte für sie die erste Stunde. Ihre Zelle stand offen wie das

Zimmer meiner Großmutter an dem Tag, als sie den Sarg abholten.

Ich will Isabelle. Die Totengräber haben sie mir nicht genommen, so soll sie kommen. Ich warte auf sie zwischen den vier Ecken des Leichenwagens, ich atme den Duft ihres Bettüberwurfs, ich warte auf sie mit einem Klageweib im Leib. Die Direktorin wird die Zellen inspizieren, mich auf Isabelles Bett finden, mich von der Schule verweisen. Wir werden getrennt sein. Ich kann nicht von ihrem Bett aufstehen. Ich sitze fest. Was werden wir heute Nacht tun?

Ich erfand etwas von Übelkeit, ich belog die Lehrerin, die Schülerinnen, schlüpfte in die Klasse, in den Unterricht, erfand mehr als nötig. Ich dachte an Isabelle, quälte mich hinter meinem Bücherstapel.

Meine Mutter hat nachgegeben, aber widerwillig. Meine Mutter hat es immer wieder gesagt, meine Mutter wird mich noch vor den Ferien zu sich holen, wenn ich ihr fehle, wenn sie sich langweilt. Wäre sie nicht verheiratet, würde ich sie anflehen: Alles, alles, was du willst, aber nicht fern von dir in einem Internat leben. Nun ist das Gegenteil der Fall. Sie ist verheiratet. Wir sind entzweit. Wie lange noch? Vorbei die Zeit, da ich für sie in der Erde grub, da ich durch Stacheldraht schlüpfte. Ich stahl Kartoffeln für uns, von den Feldern. Sie hat mir die Fabrik, den Brotbeutel, sogar den Napf genommen. Sie hat unsere Hasen zum Schleuderpreis verkauft – wie erbärmlich –, acht Tage vor ihrer Hochzeit. Das war das Ende für meine Wiesen. Ich habe ihr gesagt, dass ich ihr Verlobter sei. Sie hat geseufzt. Ich wusste nicht, wie Verärgerung aussah. Sie hat geheiratet, ohne sich zu verloben. Ich schrubbte die drei Stufen, sie aber wollte einen Kaufmann. Ich wäre nicht ihr Tagelöhner, ich wäre nicht der Fabrikant, der ihr das Geld nach Hause bringt. Dem Lumpensammler hat sie den Aschebehälter verkauft, den ich im Hühnerstall entleerte, während mit einem freundlichen Schnalzen die ersten Tropfen Kaffee in unsere Kanne fielen. Wo sind unsere Wäscheklammern, unsere Waschblaukugeln? Sie hat alles weggeworfen. Mademoiselle hat geheiratet. Sie hat alles aufgelöst. Sie hat alles, was sie braucht. Sie ist eine verheiratete Frau. Und ich bin eine Internatsschülerin, ich habe kein Zuhause. Ein Mann hat uns getrennt. Ihr Mann. Deine Mutter würde sich so freuen, wenn du mich nicht »Monsieur« nennen würdest … Ich werde ihn immer »Monsieur« nennen. Noch ein wenig Brot, Monsieur. Nein, Monsieur, ich mag mein Fleisch nicht blutig. Nenn ihn »Vater«, sagt sie nach dem Essen zu mir. Niemals. Da ist mir der Tisch im Speisesaal, an dem wir das Brot teilen, lieber. Wir greifen in den Korb, ohne nein danke, ja danke. Ich habe mich ihr zu Füßen geworfen: Heirate nicht, heirate nicht … Zusammen hätten wir Großes vollbracht – wir wären einander genug gewesen. In ihrem Bett war mir warm. Sie nannte mich mein kleiner Landstreicher, sagte: Kuschel dich in meinen Arm. Nun hat sie ein Louis-Seize-Bett und reicht mir nicht mehr den Arm. Monsieur steht zwischen uns. Sie will eine Tochter und einen Ehemann. Ich habe eine anspruchsvolle Mutter. Ich bin hier eingesperrt, ich gehe beim Abendspaziergang nicht mehr hinter ihnen, schlafe nicht mehr in dem Zimmer neben dem ihren. Sie will mich um sich haben, sie will, dass ich mich ihr widme, sobald er nicht da ist. Es gibt auf Erden nur dich, ich liebe auf Erden nur dich, sagt sie, aber sie hat jemanden. Ich bin Isabelle begegnet, ich habe auch jemanden. Ich gehöre Isabelle, nicht mehr meiner Mutter.

An der Tafel zog eine Schülerin Linien, strich Dreiecke durch, schrieb die ersten Buchstaben des Alphabets an die Winkel. Ich flüchtete vor der Geometrie.

Was werden wir heute Nacht tun? Isabelle weiß es. Morgen, in diesem Klassenraum, an diesem Pult, werde ich wissen, was wir getan haben. Ich starre auf das kleine b. Ich werde mich schnell daran erinnern, was wir in der letzten Nacht getan haben. An alles, was wir getan haben, bevor sie den Lappen nimmt, bevor sie das kleine b wegwischt. Ich kann mich nicht genau erinnern. Gar nichts haben wir getan. Ich bin ungerecht. Sie hat mich geküsst, sie ist zu mir gekommen. Ja, sie ist zu mir gekommen. Was für eine Welt ... Isabelle ist auf mich gekommen. Ich werfe mich ihr zu Füßen. Ich erinnere mich an fast gar nichts, was wir getan haben und denke doch nur daran. Was werden wir heute Nacht tun? Eine andere Schülerin wischt das Dreieck weg, kleines a, kleines b, kleines c.

Das Fieber stieg um vier Uhr. Die übermütigen Schülerinnen stürzten mit ihrem Milchbrötchen zwischen den Zähnen in die Flure.

Ich würde auf Zehenspitzen in den Studiersaal schleichen, ihr die Hand auf die Schulter legen, sie überraschen, sie mit meiner Frage bedrängen: Was werden wir heute Nacht tun?

Ich stand vor dem Saal, aber ging nicht hinein. Drinnen war man fleißig, pflichtbewusst. Ich hörte das arbeitsame Summen durch die Glastür, wartete auf den geeigneten Moment, um mit Unschuldsmiene aufzutauchen. Ich konnte Isabelle unter den Lernenden nicht entdecken. Ich würde als Eindringling eintreten. Ich trat als Schuldige ein.

»Leiser«, zischte eine Schülerin, ohne den Blick zu heben.

Es ging strenger zu als in der Kirche. Isabelle lernte am ersten Tisch neben dem Podest. Ich setzte mich an meinen Platz, schlug ein Buch auf, um es ihr gleich zu tun, schaute sie an, zählte eins zwei drei vier fünf sechs sieben acht. Ich kann sie nicht ansprechen, ich kann sie nicht ablenken. Eine Schülerin trat ohne zu zögern an Isabelles Tisch, zeigte ihr ein Aufgabenblatt. Sie unterhielten sich, sie diskutierten. Isabelle tat, was sie getan hatte, bevor sie mich in ihre Nische zog. Isabelle enttäuschte mich, Isabelle faszinierte mich, Isabelle ließ mich am langen Arm verhungern.

Ich kann nicht lesen. Die Frage mäandert durch sämtliche Windungen des Geographiebuchs. Wo kann ich die Zeit rumbringen? Sie dreht ihren Kopf zur Seite, zeigt sich, ahnt nicht, dass ich ihren Anblick empfange, sie dreht sich zu mir, wird nie erfahren, was sie mir gegeben hat. Sie spricht, sie ist weit weg, sie lernt, sie unterhält sich. In ihrem Kopf springt ein Fohlen umher. Ich bin nicht wie sie. Ich werde zu ihr gehen, ich werde mich zwischen die Schülerin und Isabelle drängen. Sie gähnt – wie menschlich sie ist –, sie nimmt die Spange aus ihrem Zopf, klemmt sie mit der gleichen Geste, ihrer Geste aus der Toilette, wieder fest. Sie weiß, was sie heute Nacht tun wird, aber es lässt sie kalt.

Isabelle beugte sich zur Seite, als die Schülerin den Studiersaal verließ. Isabelle hatte mich erkannt.

Ich lief den Gang hoch, umschlossen von den Mauern meiner Freude.

»Meine Liebste. Warst du die ganze Zeit hier?«, fragte sie.

Mein Kopf fühlte sich leer an.

»Hol deine Bücher! Wir lernen gemeinsam. Es ist so stickig hier.«

Ich öffnete das Fenster und schaute heldenhaft auf den Hof.

»Holst du deine Bücher?«

»Das geht nicht.«

»Warum?«

»Ich kann neben dir nicht lernen. Es ist zu stark …«

Wenn sie mich wieder anblickt und ihr Gesicht verändert aussieht, ist es echt. Wenn sie mich nicht anblickt und ihr Gesicht nicht verändert aussieht, ist es auch echt.

»Willst du mich denn?«, fragte ich.

»Setz dich!«

»Ich kann nicht.«

»Mein Kleines.«

»Nenn mich nicht mein Kleines. Ich habe Angst.«

»Setz dich, lass uns reden!«

»Ich kann nicht mehr reden.«

Ich setzte mich mit einem erstickten Schluchzer neben sie.

»Was ist los?«

»Ich kann es nicht erklären.«

Unter dem Pult nahm sie meine Hand.

»Isabelle, Isabelle … Was werden wir in der Pause tun?«

»Wir werden reden.«

»Ich will nicht reden.«

Ich entzog ihr meine Hand.

»Sag, was mit dir los ist«, hakte Isabelle nach.

»Begreifst du es nicht?«

»Wir werden uns sehen. Ich verspreche es.«

Um sieben Uhr abends wurde ich von Schülerinnen umringt, sie schlugen einen Spaziergang vor, Geplauder. Ich stammelte etwas, wimmelte sie ab, ohne die Wahrheit zu sagen. Ich war nicht frei, und ich war nicht mehr in ihrem Alter. Ich erstarrte: Isabelle räumte ihre Bücher weg, Isabelle war ganz nah. Die Gespenster gingen mit ihren Vorschlägen zu einem anderen Tisch. Am offenen Fenster stand eine große Schülerin, die mit dem Rücken zum Himmel ein Taschentuch bestickte. Sie hob den Blick, sah mich an ohne mich zu sehen, stickte weiter. Ich hielt mich an meinem Pult fest. Isabelle räumte ihre Bücher weg, doch die Stickende, das war sie.

Meine Pfirsichhaut: das Siebenuhrlicht im Pausenhof. Meine Kerbelblüten: die hauchdünne Spitze in der Luft. Meine heiligen Schatullen: das Laub der Bäume mit den Altären des Windes. Was werden wir heute Nacht tun? Der Abend wagt sich in den Tag vor, der Abend erscheint im goldgestreiften Kaisergewand. Die Zeit ist sanft zu mir, aber ich weiß nicht, was wir heute Nacht tun werden. Ich höre die Geräusche, höre die Siebenuhrstimmen, die den versonnenen Horizont umschmeicheln. Der Handschuh des Unendlichen hält mich fest in seiner Faust.

»Was siehst du, Thérèse?«

»Dort … die Geranien …«

»Was noch?«

»Der Boulevard und das Fenster, das warst du.«

»Gib mir deinen Arm. Willst du denn nicht?«

Der Abend hüllte uns in seinen Samtmantel, der uns bis zu den Knien reichte.

»Ich kann dir nicht meinen Arm geben. Man wird uns sehen, man wird uns erwischen.«

»Schämst du dich?«, fragte Isabelle.

»Wofür? Verstehst du nicht? Ich bin vorsichtig.«

Schülerinnen, die in Gruppen zusammenstanden, schauten zu uns herüber. Isabelle nahm meinen Arm:

»Stell dir vor, man würde dich rauswerfen. Das wäre …«

Ich konnte nicht weitersprechen, ich konnte mich nicht tot sehen.

Ich fuhr fort:

»Du bist die beste Schülerin der Schule. Dich wird man nicht rauswerfen. Aber stell dir vor, ich würde rausgeworfen.«

»Das wäre schrecklich«, sagte Isabelle.

Ich erschauerte.

»Rennen wir!«, sagte sie.

Die Schülerinnen warteten an die Mauern gelehnt auf die Essensglocke und überließen uns den Hof.

Der Hof gehörte uns. Wir rannten los, aneinander um die Taille haltend, wir zerrissen mit unserer Stirn die Spitze der Luft, hörten das Platschen unserer Herzen im Staub. Kleine weiße Pferde galoppierten in unserer Brust. Die Schülerinnen, die Aufseherinnen lachten und klatschten in die Hände, feuerten uns an, sobald wir langsamer wurden.

»Schneller, schneller. Schließ die Augen. Ich führe«, sagte Isabelle.

Wir mussten noch an einer Mauer entlang, dann wären wir allein.

»Du läufst nicht schnell genug. Ja, ja … schließ die Augen, schließ die Augen!«

Ich gehorchte.

Ihre Lippen streiften meine Lippen.

»Ich habe Angst zu stürzen und zu sterben«, sagte ich.

Ich öffnete die Augen: Wir waren am Leben.

»Angst? Ich führe dich«, sagte sie.

»Lass uns noch weiter rennen!«

Ich war erschöpft.

»Meine Frau, mein Kind«, sagte sie.

Sie gab Worte und hielt Worte zurück. Sie konnte sie an sich ziehen, indem sie mich an sich zog. Ich spreizte die Finger an ihrer Taille ab, ich zählte: meine

Geliebte, meine Frau, mein Kind. Ich trug drei Verlobungsringe an drei Fingern meiner Hand.

Eine Schülerin läutete zum Abendessen.

»Läute weiter«, rief Isabelle ihr zu.

Die Glöcknerin lachte, übertönt vom Geläut.

»Noch eine Runde«, bat Isabelle. »Ich muss mit dir sprechen, ich muss es dir sagen.«

»Mit mir sprechen?«

Ich fürchtete, es gäbe keine nächste Nacht. Wir rannten, aber mir war das Blut in den Adern gefroren. Ich wollte ihr zuvorkommen:

»Ich komme also nicht?«

Die Glocke dröhnte.

»Du kommst heute Nacht«, sagte Isabelle.

Es schien mir, als läutete die Glöcknerin anders, als läutete sie auf dem Kirchenvorplatz unsere Hochzeit ein, nachdem die Hochzeit anderer vollzogen worden war.

»Lauter, lauter«, rief Isabelle der Schülerin an der Glocke zu.

»Genug, genug!«, brüllte die Pausenaufsicht.

Die Schülerin befestigte die Kette wieder am Nagel.

Wir marschierten im Gleichschritt durch den Stimmenschwarm. Wir waren ernst, gefasst, wir waren ein offizielles Paar ohne Vergangenheit, ohne Zukunft, wir trugen eine schmiedeeiserne Krone auf dem Kopf, eine goldene Amtskette auf der Brust, unsere Erhabenheit rührte vom Gewicht unseres Schmucks, unsere Handgelenke waren in die gleiche Uniform gezwängt.

In einer anderen Welt läutete eine Klosterglocke.

Wir stellten uns in die Reihe.

»Sprich weiter.«

»Nein, genug«, sagte Isabelle.

Der Glockenklang verebbte. Das Kloster versank wie alles ringsherum, die Schülerinnen verstummten für die Schweigeminute. Isabelle wechselte den Platz. Wir schlossen die Reihen, blieben auf Abstand und die Stickerin stickte in der Reihe.

»Ich liebe dich.«

»Ich liebe dich«, erwiderte ich.

Die Kleinen aßen bereits. Wir taten so, als wäre das, was wir uns gesagt hatten, bedeutungslos, plauderten mit anderen, suchten Stütze in der Ablenkung.

Meine rechte Nachbarin stickte unter dem Tisch.

»Für wen ist das?«

»Was für eine Frage!«, sagte sie. »Für meinen Bruder. Gefällt dir das Motiv?«

»Du hast einen Bruder?«

»Gefällt dir das Motiv??«

»Wie alt ist er?«

»Achtzehn. Ein Jahr älter als ich. Er führt mich aus, wenn wir Ausgang haben. Wir bleiben zusammen.«

»Das weißt du schon jetzt?«

»Wenn wir mit der Schule fertig sind, führen wir

gemeinsam eine Familienpension am Meer. Wir haben die Mittel …«

»Siehst du ihm ähnlich?«

»Ich sehe aus wie er als Mädchen. Warum bist du mit Isabelle so schnell gerannt?«

»Warum bleibst du bei deinem Bruder?«

Eine der Hilfen brachte das Essen, meine Nachbarin räumte ihre Arbeit beiseite. Ich aß wie eine alte Frau allein vor meinem Teller. Isabelle stützte ihren Ellenbogen auf das Buch, das sie mir abgenommen hatte, als wir durch den Hof gerannt waren.

Die Dämmerung legte sich wie ein Trauerschleier über die Gesichter. Ich wollte mich auf Isabelle legen, ich wollte mit ihr in den Schlafsaal hoch. Aber sie dachte nach, verschüttet unter den Falten ihrer Marmorschürze. Da war mein Museum, da war der Riss im Schleier. Ich verzehrte mich, ich war unglückselig, Raubkatzen lauerten an den Straßenrändern meiner liebsten Landstriche, an die Uhr des Speisesaals geschraubt, ließ die Zeit sich bitten. Ein Windstoß fuhr herein, streichelte meine Hände, verführte mein Gedächtnis.

•

Wie heimlich verlief unsere Trennung, als sich um neun Uhr abends am Eingang zum Schlafsaal alle zerstreuten.

Wie gewohnt ging ich zu meinem Perkalvorhang. Da packte mich eine eiserne Faust, führte mich weg. Isabelle stieß mich auf ihr Bett und auf meine Scham, vergrub ihr Gesicht in meiner Wäsche.

»Komm wieder, wenn sie schlafen«, sagte sie.

Sie warf mich hinaus, sie faszinierte mich.

Ich liebte – es gab keinen Zufluchtsort für mich. Nur Warteräume und Aufschub bis zum nächsten Treffen. Ich ließ mich auf mein Bett fallen.

»Ich habe nichts gehört«, sagte die Aufseherin. »Was ist mit Ihnen? Sie sind noch nicht ausgezogen!«

»Ich hatte mich hingelegt. Ich habe über meine Arbeit nachgedacht«, sagte ich.

»Sie müssen sich ausziehen. Los jetzt! Ich schalte das Licht aus.«

Der Vorhang fiel zurück, Isabelle hustete.

Isabelle hustete in ihrem Bett sitzend. Isabelle war bereit, über die Schultern ihre Stola aus Haaren gebreitet. Ihre Stola. Das Bild, das mir ins Gedächtnis trat, ließ mich erstarren. Ich sank auf den Stuhl, auf den Teppich; das Bild folgte mir überallhin. Die Aufseherin hatte das Licht ausgeschaltet.

»Ich komme um vor Müdigkeit«, sagte eine Schülerin am Ende des Ganges.

»Schhhh«, machte die neue Aufseherin.

Im Schlafsaal kehrte Ruhe ein.

Ich zog mich im Dunkeln aus, legte meine Hand

keusch auf meine Haut, sog meinen Duft ein, erkannte mich wieder, ließ mich fallen. Ich presse die Stille auf den Grund der Waschschüssel, wrang sie aus dem Waschhandschuh, streichelte sie beim Abtrocknen meiner Haut.

Die Aufseherin löschte das Licht in ihrem Zimmer, eine Schülerin sprach im Schlaf, Isabelle hustete erneut: Sie rief mich zu sich. Wenn ich die Dose mit der Zahnseife nicht zuklappte, so überlegte ich, würde ich mich später an die Atmosphäre erinnern, bevor ich zu Isabelle gegangen war. Ich schuf mir eine Vergangenheit.

»Bist du so weit?«, flüsterte Isabelle hinter meinem Vorhang.

Sie huschte wieder davon. Ihre Diskretion bezauberte mich und enttäuschte mich.

Ich entschied mich ein zweites Mal für das reguläre Nachthemd. Und entschied, dass ich es jeden Abend wechseln würde, dass eine Externe es zum Waschen in die Stadt bringen könnte.

Ich öffnete das Fenster meiner Zelle. Die Nacht und der Himmel wollten uns nicht. Im Freien zu leben war ein Sakrileg. Man musste sich fernhalten, um den Bäumen den Abend zu verschönern. Ich steckte meinen Kopf in den Gang, aber der Gang wies mich ab. Ihr Schlaf erschreckte mich. Mir fehlte der Mut, um über die Schlafenden zu steigen, barfuß über ihre Gesichter zu laufen. Ich schloss das Fenster wieder, der Perkalvorhang erzitterte wie das Laub.

»Kommst du?«

Ich schaltete die Taschenlampe ein: Ihr Haar glich wirklich einer Stola, so, wie ich es mir vorgestellt hatte, aber ihr Nachthemd aus grobem, sich bauschendem Stoff hatte ich nicht erwartet. Isabelle ging wieder.

Ich folgte ihr mit meiner Lampe, die ich hielt wie ein Messbuch.

»Zieh dein Nachthemd aus«, sagte Isabelle.

Sie stützte sich auf einen Ellenbogen, ihr Haar floss über ihr Gesicht.

»Zieh dein Nachthemd aus, lösch das Licht!«

Ich löschte ihre Haare, ihre Augen, ihre Hände. Ich schälte mich aus meinem Nachthemd. Das war nicht neu: Ich zog die Nacht der ersten Liebenden aus.

»Was treibst du?«, fragte Isabelle.

»Ich trödele.«

»Komm!«

»Ja, Isabelle, ja.«

Sie zappelte ungeduldig in ihrem Bett, während ich aus Schüchternheit nackt für die Dunkelheit posierte.

»Wo bleibst du denn?«

Ich stieg in ihr Bett. Mir war kalt geworden, nun würde mir warm werden.

Ich erstarrte, fürchtete, ihr Schamhaar zu zerknittern. Sie zwang mich, zog mich auf sich. Isabelle wollte die Vereinigung unserer Haut. Ich rezitierte meinen Körper auf ihrem, ich tauchte meinen Bauch in den Kelch ihres Arumbauches, eine Wolke nahm mich auf. Sie strich über meine Hüfte, schoss sonderbare Pfeile ab. Ich richtete mich auf, fiel auf sie zurück.

»Bewegen wir uns nicht, atmen wir nicht. Stell dich tot«, sagte sie.

Wir lauschten dem, was in uns vorging, was von uns ausging. Paare umringten uns, beobachteten uns.

Das Bett ächzte.

»Achtung!«, sagte sie an meinem Mund.

Die Aufseherin hatte in ihrem Zimmer das Licht eingeschaltet.

Ich küsste den Mund eines kleinen Mädchens mit Vanilleparfum. Wir waren wieder brav.

»Drücken wir uns«, sagte Isabelle.

Wir zogen unsere Armutsgürtel wieder fester.

»Erdrücke mich …«

Sie hätte es gern getan, aber sie konnte nicht. Sie knetete meine Hüfte.

»Hör nicht hin«, sagte sie.

Die Aufseherin pinkelte in ihren Toiletteneimer.

»Sie wird wieder einschlafen«, sagte ich.

Isabelle rieb als Zeichen der Freundschaft ihren Zeh an meinem Fußspann.

»Sie ist wieder eingeschlafen«, sagte Isabelle.

»Und wenn sie uns zuhört …«

»Sie ist lästig.«

Ich drang in Isabelles Mund, ich hatte Angst vor der Aufseherin, ich trank unseren Speichel. Es war eine Orgie der Gefahren. Wir hatten die Nacht in unserem Mund und unserer Kehle, wir wussten, dass wieder Ruhe eingekehrt war.

»Erdrücke mich«, sagte sie.

»Das Bett … Es wird ächzen … man wird uns hören.«

Wir unterhielten uns im dichten Blätterwerk der Sommernächte.

Ich erdrückte, ich überschattete Myriaden von Waben.

»Bin ich zu schwer?«

»Du wirst nie zu schwer sein. Mir ist ein wenig kalt«, sagte sie.

Meine Finger sahen ihre blassen Schultern. Ich flog auf, nahm mit meinem Schnabel die Wollflocken von den Dornenhecken, legte sie auf Isabelles Schultern. Ich klopfte auf ihre Knochen mit flaumigen Hämmern, meine Küsse rollten übereinander hinweg, ich warf mich in zärtliches Geröll. Meine Hände lösten meine müden Lippen ab. Ich modellierte den Himmel um ihre Schultern. Isabelle richtete sich auf, nahm meine Handgelenke, fiel zurück und ich fiel mit ihr auf ihre Schulter. Meine Wange ruhte auf einer Kurve.

»Mein Schatz.«

Sagte ich zu der gebrochenen Linie.

»Ja«, sagte Isabelle.

Sie sagte »ich komme«, aber sie zögerte.

»Ich komme«, sagte Isabelle noch einmal.

Sie band sich das Haar aus dem Gesicht, ihr Ellenbogen fächelte mir Luft zu. Ich wartete.

Die Hand legte sich auf meinen Hals: Eine Wintersonne ließ mein Haar weiß werden. Die Hand folgte den Adern, glitt hinunter. Die Hand hielt inne. Mein Puls schlug gegen den Venushügel von Isabelles Hand. Die Hand wanderte wieder hoch; sie zog größere Kreise, fuhr über mich hinaus ins Leere, legte weiche Wellen um meine linke Schulter, während meine rechte Schulter unbeachtet auf dem Kopfkissen lag, der von den Atemzügen der Schülerinnen durchzogenen Nacht überlassen. Ich lernte die Weichheit meiner Knochen kennen, die Aura in meinem Fleisch, die Unendlichkeit meiner Formen. Die Hand verweilte, brachte Träume aus Linon. Der Himmel bettelt, wenn einem die Schulter gestreichelt wird: Der Himmel bettelte. Die Hand wanderte wieder nach oben, hoch zum Kinn und zog dabei ein samtenes Brusttuch zurecht, die überzeugende Hand glitt hinunter, drückte, pauste die Kurven ab. Am Ende ein freundschaftlicher Druck. Ich nahm Isabelle in meine Arme, schüttelte mich vor Dankbarkeit. Ich strich ihr Haar glatt, sie strich meines glatt.

»Siehst du mich?«, fragte Isabelle.

»Ich sehe dich. Ich will auch geben.«

»Hörst du das?«

»...«

»Nein, doch nichts ... Sie schlafen und die, die nicht schlafen, werden uns nicht verraten.«

»Ich will dir auch etwas geben ...«

Sie schnitt mir das Wort ab, schob sich unter die Decke, küsste die Locken.

»Pferde«, rief eine Schülerin.

»Hab keine Angst. Sie träumt. Gib mir deine Hand«, sagte Isabelle.

Ich weinte vor Freude.

»Was hast du? Mach Licht.«

»Mach kein Licht. Nein, nein ...«

»Du weinst?«, fragte sie besorgt.

»Ich liebe dich, ich weine nicht.«

Ich trocknete meine Tränen.

Die Hand entkleidete meinen Arm, hielt in der Nähe der Vene inne, an der Armbeuge, trieb unziemliche Dinge im Geflecht, glitt hinab zum Handgelenk, bis zu den Nagelspitzen, bekleidete meinen Arm mit einem langen Wildlederhandschuh, fiel wie ein Insekt von meiner Schulter, klammerte sich an die Achselhöhle, rieb sich an dem Haarbüschel. Ich drehte das Gesicht, lauschte dem, was mein Arm der Abenteurerin entgegnete. Die Hand wollte überzeugen, sie brachte meinen Arm, meine Achselhöhle zur Welt. Die Hand wanderte über die zwitschernden weißen Büsche, den letzten Raureif der Wiesen, die Festigkeit der ersten Knospen. Der in meiner Haut ungeduldig tschilpende Frühling brach sich in Linien, in Kurven, in Rundungen Bahn. Auf der Nacht liegend, schmückte Isabelle meine Füße mit Schleifen, wickelte das Band der Verwirrung ab. Die Hände flach auf der Matratze, verzauberte ich auf die gleiche Weise wie sie. Sie küsste, was sie gestreichelt hatte, und zauste und wischte dann mit leichter Federhand. Der Krake in meinem Bauch erschauerte, Isabelle trank an der rechten Brust, an der linken Brust. Ich trank mit ihr, säugte mich an der Dunkelheit, wenn ihr Mund sich entfernte. Die Finger kamen wieder, umkreisten, wogen die warme Brust, strandeten schließlich in meinem Bauch als heuchlerisches Treibgut. Eine Schar von Sklaven, mit dem Gesicht von Isabelle, die meine Stirn, meine Hände fächerte.

Sie kniete im Bett:

»Liebst du mich?«

Ich führte die Hand zu den seltenen Freudentränen. Ihre Wange überwinterte in meiner Achselhöhle. Ich richtete meine Lampe auf sie, sah ihr ausgebreitetes Haar, sah Seide von meinem Bauch regnen. Die Lampe sank herab, Isabelle änderte plötzlich die Richtung.

Wir vermählten uns auf der Scholle, mit Reißzähnen in der Haut, Rosshaar zwischen den Fingern. Wir schwankten auf den Zinken einer Egge.

»Fester, fester«, sagte sie.

Wir bissen zu, zerpflügten die Dunkelheit.

Wir waren langsamer geworden, schwangen uns wieder auf in einer Wolke aus Rauch, mit unseren schwarzen Flügeln an den Fersen. Isabelle sprang aus dem Bett.

Ich fragte mich, warum sich Isabelle das Haar richtete.

Mit einer Hand legte sie mich auf den Rücken, mit der anderen quälte sie mich mit dem gelblichen Licht der Taschenlampe.

Ich verbarg mich hinter meinen Armen:

»Ich bin nicht schön. Du schüchterst mich ein«, sagte ich.

Sie sah unsere Zukunft in meinen Augen, sie betrachtete den nächsten Augenblick, hielt ihn in ihrem Blut zurück.

Sie kam wieder ins Bett, begehrte mich mit Goldgräberfingern.

Ich schmeichelte ihr, ein Scheitern war mir lieber als zu lange Vorbereitungen. In einem Mund zu lieben genügte mir; ich hatte Angst und rief mit meinen Stümpfen um Hilfe. Zwei Pinsel strichen durch meine Falten. Mein Herz schlug in einem Maulwurfsbau, mein Kopf war voller Erde. Plötzlich änderte sich alles. Zwei irritierende Finger besuchten mich. Wie gewaltig die Liebkosung war, wie unvermeidlich. Meine geschlossenen Augen lauschten: Der Finger berührte die Perle, der Finger wartete. Ich wollte mich weit machen, ihm helfen.

Der königliche, diplomatische Finger glitt voran, zog sich zurück, nahm mir die Luft, drang ein Stück ein, beleidigte den Kraken in meinem Bauch, stach die heimtückische Wolke auf, hielt inne, fuhr fort, wartete in der Nähe der Eingeweide. Ich zog mich zusammen, schloss das Fleisch in meinem Fleisch ein, ihr Mark und ihren Wirbel. Ich fuhr hoch, fiel zurück. Der Finger, der nicht verletzend gewesen war, der Finger, der zur Erkundung gekommen war, verließ mich. Das Fleisch streifte ihn ab wie einen Handschuh.

»Liebst du mich?«, fragte ich.

Ich wünschte mir eine Verschmelzung.

»Du darfst nicht schreien«, sagte Isabelle.

Ich verschränkte die Arme über meinem Gesicht, lauschte wieder mit geschlossenen Augen.

Zwei Finger drangen ein, zwei Banditen. Isabelle riss und begann zu deflorieren. Sie bedrängten mich, sie wollten, doch mein Fleisch wollte nicht.

»Isabelle, mein Liebling … Du tust mir weh.«

Sie legte ihre Hand auf meinen Mund.

»Ich bin schon still«, sagte ich.

Ihr Knebel demütigte mich.

»Es tut mir weh. Es muss sein. Es tut mir weh ...«

Ich gab mich der Nacht hin und half den Fingern, ohne es zu wollen.

»Du kannst, du kannst ...«

Ich beugte mich vor, um mich zu zerreißen, um Isabelles Finger knacken zu lassen, um mich ihrem Gesicht zu nähern, um mein verletztes Geschlecht nicht alleinzulassen – sie stieß mich auf das Kissen zurück.

Sie stieß, stieß, stieß ... Das Klatschen des Fleisches war zu hören. Sie stach der Unschuldigen das Auge aus. Ich hatte Schmerzen. Ich befreite mich, sah aber nicht, was geschah.

Wir lauschten den Schlafenden, atmeten schluchzend durch. Ihre Finger hatten eine Feuerlinie hinterlassen.

»Ruhen wir uns aus«, sagte sie.

Meine Erinnerung an die beiden Finger verblasste, mein geschwollener Körper heilte, Blasen der Liebe stiegen empor. Aber Isabelle kam zu mir zurück, die Finger kreisten immer schneller. Woher kam diese gewaltige Woge? Eine sanfte Umspülung meiner Knie. Meine Fersen waren im Rausch, mein sehendes Fleisch träumte.

»Ich kann nicht mehr.«

»Sei still.«

Ich verlor mich mit ihr in einer kläglichen Turnübung. Die Finger waren zu kurz, die Knöchelchen schoben unserem Fieber einen Riegel vor, die Knöchelchen gelangten nicht hinein.

»Ich will«, klagte Isabelle.

Das Bett ächzte, wieder war das Klatschen des Fleisches zu hören.

»Dir ist heiß.«

»Ich will, ich will!«

Isabelle verausgabte sich in meinen Armen. Der Schweiß, der von ihrer Stirn, ihren Haaren, ihrem Hals tropfte, nässte meine Stirn, meine Haare, meinen Hals. Ihre letzte Gabe nach der Defloration.

»Rufst du nach mir? Du willst es«, sagte Isabelle.

Sie kam erneut zu mir, kam mir gehorsam zuvor, bis zum Höhepunkt.

Die Finger zogen Wirbel bis in meine matten Knie, doch brachten nicht die übernatürliche Welle mit, die ich erwartete. Das Vergnügen kündigte sich an. Doch es war nur ein Abglanz. Langsam zogen sich die Finger zurück. Ich verzehrte mich nach Nähe.

»Deine Hand, dein Gesicht … Komm näher.«

»Ich bin müde.«

Mach, dass sie herkommt, mach, dass sie mir ihre Schulter leiht oder sich meine leiht, mach, dass ihr Gesicht nah an meinem ist. Ich muss Unschuld mit ihr austauschen. Sie ist außer Atem, sie ruht sich aus.

Man muss sich bewegen, um sie leben zu hören. Isabelle hustete wie in einer Bibliothek.

Mit unendlicher Vorsicht stand ich auf, fühlte mich wie neu. Mein Geschlecht, meine Lichtung.

»Sag mir gute Nacht.«

Isabelle fuhr zusammen.

»Sag mir gute Nacht …«

Ich schaltete das Licht ein. Ich hatte das Blut gesehen, ich hatte mein rotes Haar gesehen. Ich schaltete aus.

Sie kniete sich ins Bett und ich bot ihr, ganz selbstverständlich, das Nest aus krausem Haar dar, damit sie ihr Gesicht hineingrub. Was konnte ich zu ihr sagen, während ihre Wange mich streichelte? Sie kümmerte sich zu sehr um mich.

»Ich will geben«, sagte ich.

»Sei still.«

»Ich will geben.«

Ich schaltete das Licht ein, schaute auf mein rotes Haar.

»Ich schäme mich«, sagte ich.

»Wofür?«

»Für das Blut.«

»Du spinnst.«

Ich ging bis zum Vorhang, kreuzte die Beine, ich posierte, richtete die Lampe aus. Ich war nackt; ich wollte künstlich wirken.

»Du machst mir Kummer«, sagte Isabelle.

Sie stand auf.

Sie kam zu mir. Sie verbarg ihr Gesicht in meinen Händen, ihr Haar fiel auf einer Seite herab.

»Oh.«

Ich empfing sie in meinen Armen. Mit den Zähnen entfernte ich das getrocknete Blut unter ihren Nägeln. Ich brachte sie ins Bett.

Ich legte meine Kleine hin, hob ihren Kopf an, klopfte das Kissen zurecht, glättete das Bett, frischte es auf.

»Du schaust gut nach mir«, sagte Isabelle.

Ich wärmte meinen Fuß an ihrer Brust. Isabelle schenkte mir ein Kind. Mal schlief ich mit ihm, mal legte ich es in den Weidenkorb zurück. Ich habe mir auch von denen, die ich später geliebt habe, nie andere Kinder gewünscht als sie. Die Liebe, das waren sie.

»Ich gehe, Isabelle.«

Sie hielt mich an den Hüften, an der nackten Haut zurück.

»Ich schreie, wenn du gehst.«

Ich blieb.

»Sanfter«, wies sie die Hand an, die nicht mehr meine war, die von ihr geführt wurde.

Ich zog mich an meinen alten Zufluchtsort zurück.

»Du lässt nach«, sagte sie.

Mein Finger träumte, ich delirierte leise.

Sie legte ihren Arm auf meinen, und die Begegnung unserer Arme bereitete mir Vergnügen.

Um zu geben, muss man sich selbst auslöschen. Ich wollte eine Maschine sein, die nicht mechanisch war. Ihre Lust war mein Leben. Ich zielte über Isabelle hinaus, tat es im Bauch der Nacht. Wir waren im Einklang, solange wir uns auflösten. Der letzte Seufzer. Sie richtete sich auf, ich bekam Angst. Schon das Gespenst der Lust, schon jetzt. Wird sie sterben oder wird sie leben? Der Rhythmus wird entscheiden. Ich folgte ihm, ganz in ihr, sah mit geistigem Auge das Licht in ihrem Leib. Vor mir sah ich eine Thérèse mit geöffneten, in die Luft gestreckten Beinen, eine Thérèse, die empfing, was ich Isabelle gab.

»Komm, ruh dich aus«, sagte sie.

Ich wurde wieder Kind.

Lebendig, langgestreckt, treibend, getrennt, aufgenommen, konnten wir an die ewige Ruhe glauben. Wie kühl war doch der Bach der Einsamkeit.

»Ich wollte dir sagen …«

»Du bist glücklich. Denk nicht darüber nach«, sagte Isabelle.

Wir zogen unsere Nachthemden an.

Ich sagte:

»Woran denkst du?«

»Ich lebe einfach. Und du?«

»Ich habe deinem Herzen gelauscht. Ein Gefängnis … Hörst du es auch?«

»Ich bin nicht traurig«, sagte Isabelle.

Ich drehte mich zu ihr:

»Schläfst du nicht?«

»Ich sah uns in einem Kino. Ich habe mich schlecht benommen, ich war ungezogen«, sagte Isabelle.

»In einem Kino … Wie merkwürdig … Das kommt mir bekannt vor, doch es ist keine Erinnerung. Es ist, als wäre ich in diesem Kino gewesen, auch wenn ich es nicht kenne«, sagte ich.

»Das wird nie geschehen. Wir sind nicht frei«, sagte Isabelle.

»Lass uns abhauen.«

»Ich habe kein Geld.«

»Ich auch nicht. Verkaufen wir, was verkauft werden kann, nehmen wir den Zug, versuchen wir es. Wir werden schon nicht verhungern.«

»Wir werden nicht abhauen. Hier sind wir am richtigen Ort. Wenn wir vorsichtig sind, gehören alle Nächte uns. Gefällt es dir nicht an der Schule?«

»Im Gegenteil. Ich habe Angst, man holt mich ab … Können wir uns zwischen deinen Unterrichtsstunden sehen? Sag, werden wir uns sehen?«

Sie antwortete nicht.

Zwei Rosetten umschlangen sich.

»Wer hat dir das beigebracht?«

»Ich wusste immer, wie es geht«, sagte Isabelle.

»Ich habe Hunger.«

Sie zog die Schublade ihres Nachttischs auf, schob mir, ohne sich von mir zu lösen, einen staubigen Schokoladenriegel in den Mund.

»Iss«, sagte Isabelle, »iss, aber entspann dich.«

Meine Wange berührte auf dem Kopfkissen meine Taschenlampe.

Nacheinander erhellte ich ihre Handflächen, weitab von unserer Verbindung.

»Brauche dich«, sagte ich.

»Brauche dich«, sagte Isabelle.

»Ja. Ja«, seufzte ich.

»Da ist jemand«, sagte Isabelle ruhig.

Sie stand auf, schaute in den Gang.

»Niemand. Da war niemand«, sagte Isabelle.

Sie beugte sich über das Bett. Isabelle legte sich nicht wieder hin.

Sie spielte an meinen Leisten, zeichnete aufregende Achten, weitete sie aus; streichelnd neigte sie sich.

Drei Finger drangen ein, drei Gäste, die das Fleisch verschluckte.

So legte sie sich wieder hin, wie ein Akrobat, der seinen Partner kriechend auf den ausgestreckten Armen trägt.

»Du hörst mir nicht zu«, sagte Isabelle.

»Ich höre dir zu. Du sagst kleine Dinge, du bist zurück, du bist in mir. Der Regen … Oh, ja … Ja! Ich hasse ihn nicht. Er ist ein Freund. Ja, ja … Lass uns gemeinsam sterben, Isabelle, lass uns sterben, solange du ich bist und ich du bin. Dann werde ich nicht mehr daran denken, dass wir getrennt werden. Lass uns sterben, ja?«

»Ich will nicht sterben. Ich will das hier. Ich will tief in dir sein. Sterben … das ist dumm.«

»Wenn ich Lepra hätte, würdest du mich dann verlassen?«

»Ich habe keine Lepra, du hast keine, wir haben keine. Warum schaltest du das Licht ein?«

Isabelle zog ihre Hand zurück, verschränkte die Arme über ihren Augen.

»Würdest du mich verlassen?«

Sie zuckte die Achseln.

»Sieh mich an«, sagte ich.

»Ich sehe dich mit geschlossenen Augen.«

»Wenn ich morgen sterben würde, würdest du dann weiterleben?«

Sie drehte sich zu mir. Jedes Mal, wenn sie sich so drehte, fand ich sie in einem mit Raureif überzogenem Strauch wieder.

»Du würdest weiterleben. Du antwortest nicht.«

Isabelle faltete die Hände. In ihrem Gesicht zuckte es: Ihre Seele pulsierte.

»Das ist eine schwierige Frage«, sagte Isabelle.

Sie hielt die Augen geschlossen.

»Antworte!«

»Das sind zu große Fragen.«

Isabelle hob die Lider.

Nun schaute sie mich an:

»Willst du wirklich mit mir sterben, wie du sagst? Stimmt das? Du möchtest wirklich, dass wir gleichzeitig sterben?«

Isabelle legte den Kopf zurück. Sie dachte angestrengt nach.

»Ich weiß es nicht mehr«, sagte ich.

»Gib mir deine Hand«, sagte sie. »Nein … gib mir nicht deine Hand. Nicht jetzt.«

»Du bist so schön … Ich möchte es, aber ich könnte es nicht. Ich kann mir dich nicht tot vorstellen. Du bist so schön …«

»Sprechen wir über uns. Könntest du?«

»Ich weiß nicht, ich weiß es nicht mehr. Man lebt gern. Und du? Und du?«

»Wenn wir aber nicht getrennt werden wollen«, sagte Isabelle.

»Könntest du es?«

»Man müsste sich daran gewöhnen«, sagte Isabelle. »Du könntest nicht, aber ich bin dir nicht böse. Ich würde das niemals von dir verlangen. Von einem Felsen … nachts … gemeinsam …«

»Es ist schrecklich, was du da sagst.«

»Wie schnell du Angst bekommst! Mit dir habe ich keine Angst davor.«

»Denk nicht daran, Isabelle.«

»Ich habe es ja gesagt: Das sind zu große Fragen.«

»Du bist schön. Und ich will dich nicht verlieren.«

Isabelle drehte sich zur Wand, und ich sagte ihr wieder in ihr Haar, auf ihre Augen, dass sie schön sei.

Sie konnte Komplimente, diesen Firlefanz, nicht ausstehen. Sie verschloss sich, war weit weg.

»Leg dich hin, breite dich aus. Sei schön«, sagte ich.

Isabelle richtete sich auf:

»Hörst du – es ist drei Uhr morgens. Ich will dich nicht verlassen.«

Sie klammerte sich an meinen Hals. Die Nacht hatte uns verraten. Doch ich liebte, was verletzlich war.

»Nimm deine Lampe. Ich richte dir dein Haar, ja?«

Sie zuckte nachsichtig die Achseln:

»Hörst du? Es regnet.«

Es waren nur die letzten Seufzer der gerührten Nacht.

Wie von Sinnen nehme ich ihr Gesicht in meine Hände, ihr Haar fällt offen auf ihre Schultern, aber sie ist nicht zu beklagen. Ihre kleine Nase wird nicht altern. Die Regenwürmer werden sich satt fressen, aber ihre kleine Nase wird bleiben, wie sie ist. Sie ist der Grabschatz, ein vollkommener kleiner Knochen. Wie puritanisch ihre kleine gerade Nase doch ist.

»Was habe ich da, was schaust du so?«

»Nichts.«

Ich wagte nicht, ihr von ihrer Unsterblichkeit zu erzählen.

Sie nahm meine Hand, legte ihre Wange hinein.

»Lass mich dein Haar richten!«

Isabelle ließ mich gewähren:

»Was wirst du damit tun?«

»Ich stecke Blumen hinein.«

»Weißt du, wie ernst es ist?«, fragte Isabelle.

»Ich spaße nicht.«

»Das ist unwirklich. Wir haben keine Zeit zu verlieren.«

»Du bist schön und ich verschönere dich.«

»Ich will nicht, dass du mich vergötterst.«

Ich sah meine Tränen schimmern. Ich weinte nicht.

»Was habe ich dir getan, sag, was ich dir getan habe«, flehte ich. »Ich wollte dich schmücken …«

»Das ist alles?«, fragte Isabelle.

»Das ist alles.«

Aber ich liebte sie mit Kreppschleifen an jedem Finger.

Sie setzte sich im Bett auf:

»Ich weiß es: Wir werden getrennt werden«, sagte sie.

Ich packte die Daunendecke, kämpfte gegen dieses Unheil an.

Wir feierten das Vergessen der Zeit. Wir umschlangen die Isabelles und Thérèses, die sich später unter anderen Namen lieben würden, wir umklammerten uns, bis es knackte und bebte. Umschlungen rollten wir einen dunklen Abhang hinunter. Wir hörten auf zu atmen, um das Leben aufzuhalten und den Tod.

Ich drang in ihren Mund wie man in den Krieg zieht: Ich hoffte, ihre Eingeweide und die meinen zu zerfetzen.

Ein Pfeifen, ein Zug, ein Bahnhof, dann legte sich erneut Stille über uns. Isabelle bettete ihr Haar auf meine Schulter.

»Bist du müde?«

»Ich bin nicht müde.«

Sie murmelte es.

Etwas löste sich von meiner Hüfte, fiel auf die Matratze: eine Hand. Isabelle schlief. Jede Minute könnte die Morgendämmerung zu unserem Sonnenuntergang werden.

Mein Gesicht streifte das ihre.

»Schlaf nicht.«

Die Dämmerung, die immer pünktlich ist, wenn gestorben wird, wartete mit ihren Schleiern aus Musselin. Boote lösten sich aus dem Schilf und verschwanden.

»Schlaf nicht …«

Ich öffnete die Hand über ihren Locken, lauschte auf meinem Lehen. Ihr Schlaf erregte mich. Ich legte die Lippen einer Achtjährigen auf ihre ausdruckslosen Lippen, ich betrog Isabelle mit ihr selbst, ich enthielt ihr den Kuss vor, den ich ihr gab. Sie erwachte an meinem Mund:

»Du warst hier?«

Sie sprach; sie brachte mir die Blume der finsteren Tiefen, in denen sie sich ausgeruht hatte. Ich atmete den Schwefelduft ihrer Präsenz ein.

»Willst du?«

»Ja«, sagte Isabelle.

Wir streiften unsere Schultern im Flug mit den fahlgelben Fingern des Herbstes. Wir warfen breite Lichtstreifen in die Nester, wir ließen unsere Berührungen luftiger werden, wir schufen Motive mit der Meeresbrise, wickelten unsere Beine in sanften Zephyr, bis wir raschelnden Taft in unseren Händen hielten. Wie einfach wir hineinkamen. Unser Fleisch liebte uns, unser Duft quoll hervor. Unsere Hefe, unsere Bläschen, unser Brot. Es war kein dienerisches Vor und Zurück, sondern das Vor und Zurück der Glückseligkeit. Ich verlor mich in Isabelles Finger, wie sie sich in meinem. Wie träumerisch er war, unser gewissenhafter Finger … Eine Vermählung von Bewegungen. Wolken halfen uns. Wir waren lichtdurchflutet.

Die Welle kam als Späherin, umspülte unsere Füße,

zog sich wieder zurück. Lianen lösten sich, Helligkeit breitete sich in unseren Knöcheln aus. Die Woge der Zartheit verebbte. Meine Knie waren zu Asche zerfallen.

»Es ist zu viel. Sag mir, dass es zu viel ist.«
»Sei still.«
»Das kann ich nicht, Isabelle.«
Ich küsste ihre Schulter, ging erneut unter.
»Sprich.«
»Ich kann nicht«, sagte Isabelle.
»Öffne die Augen.«
»Ich kann nicht«, sagte Isabelle.
»Woran denkst du?«
»An dich.«
»Sprich, sprich.«
»Bist du nicht glücklich?«
»Schau … nein, schau nicht hin.«
»Ich weiß. Es wird bald hell. Schließe die Augen, dränge es zurück«, sagte Isabelle.

Der Tag brach an, Isabelle schlief wieder ein.

Ich gähnte in den milchigen und feuchten Wiesen, ich bat die Schlafende um Hilfe und Schutz, Bewahrerin der dunklen Nacht, die ich vermisste. Meine Schlafende trug im Kopf eine ungenutzte Nacht, meine Schlafende trug im Herzen den Gesang des Rotkehlchens, das nicht geschlafen hatte. Ich atmete flach, führte neben ihr ein kümmerliches Dasein.

Sie umarmte mich, vergaß im Schlaf nicht, sich zu sorgen:

»Du schläfst nicht.«

»Ich schlafe. Schlaf!«

Die ersten Schülerinnen rührten sich, die Dämmerung zuckte durch ihre Träume.

Ich stand auf, Isabelle ebenfalls. Ich trat auf den Gang, aber sie zog mich grob in ihre Zelle zurück.

Sie schlug ihren Morgenmantel auf, zeigte mir ihre Vermessenheit, drückte auf meinen Venushügel mit ihrem Oberschenkel zwischen den meinen. Ich wollte gehen. Ihr Schlaf hatte mich zur Verzweiflung gebracht.

»Geh nicht!«

Isabelle brach in Tränen aus:

»Warum habe ich nur geschlafen, warum?«

Sie zitterte.

Zu viel Liebe entmutigt.

»Mach, was dir gefällt«, sagte ich.

Sie leckte, sie schnupperte den Rest der Nacht von meinem Gesicht, sie kniete sich hin.

Das Gesicht wanderte über mich, erforschte mich. Lippen sahen und berührten, was ich nicht sehen würde. Ich empfand ihretwegen Scham. Unersetzlich und vernachlässigt war ich, mit meinem Gesicht weit weg von Isabelles Gesicht. Ihre feuchte Stirn irritierte mich. Eine Heilige leckte meine Befleckung ab. Ihre

Gaben machten mich arm. Sie gab zu viel von sich: Ich war schuldig.

»Geh und ruhe dich aus. Eine der Schülerinnen lernt bereits«, sagte Isabelle.

Ich gehorchte. Ich stürzte mich in den Fluss des Schlafes.

•

»Ich hoffe doch, Sie schlafen nicht mehr«, sagte die Aufseherin.

Ich schlief im Stehen.

»Relativsätze können verschiedene Beziehungsverhältnisse zum Ausdruck bringen …«

Das sagte Isabelle zu einer anderen. Isabelle räumte bereits ihre Nische auf.

Ich wachte ganz auf, machte mich zurecht für ihren Morgengruß. Sie kam mit der Geringschätzung eines Orkans herein, während ich Brillantine auftrug, um auszusehen wie eine edle Knospe.

»Guten Morgen.«

»Guten Morgen.«

Wir konnten uns kaum in die Augen sehen.

»Schönes Wetter heute.«

»Ja, schönes Wetter.«

Aber in der Sonne verkrampften wir uns. Wir senkten den Blick.

»Bist du fertig?«, fragte Isabelle.

»Nein. Das siehst du doch.«

Ihr Name, den ich auszusprechen vermied, mein Speichel, den ich nicht mehr herunterbekam …

»Soll ich dir helfen?«

»Nein.«

»Ich möchte gern meine Uhr zurückhaben«, sagte Isabelle.

»Natürlich. Deine Uhr …«

Ich machte mich am Nachttisch zu schaffen.

»Leg sie mir ums Handgelenk«, sagte Isabelle.

Wir sahen uns wieder, wir sahen uns mit unseren alten Augen an.

»Bitte befestige mein Armband.«

»Sag, wenn ich es zu fest ziehe.«

»Das ist leicht. Es hat eine Markierung. Schaffst du es nicht?«, fragte Isabelle.

»Doch«, sagte ich.

»Du hast keine Stimme mehr«, sagte sie.

»Ich? Ich muss fertig aufräumen.«

Ich warf den Deckel des Toiletteneimers auf den Boden, leerte die Waschschüssel.

»Was ist das für ein Lärm da hinten«, rief die Aufseherin.

»Feil deine Nägel nicht hier. Feil deine Nägel nicht …«

»Warum?«, fragte Isabelle.

»Nicht hier. Nicht jetzt.

»Du staubst doch ab …«

»Feil nicht deine Nägel. Hör auf.«

Isabelle öffnete das Fenster meiner Zelle.

»Hast du deine Feile hinausgeworfen?«

»Du mochtest sie doch nicht«, sagte Isabelle.

Ich räumte die Seife weg, säuberte den Keramikteller, auf den ich die Zahnbürste legte.

Isabelle ist bereit, mich zu erdolchen. Dieser Gedanke kam mir, während ich die Handtücher und die Waschhandschuhe auf den Handtuchhalter hängte. Ich wartete auf den Messerstich.

»Hat dich die Aufseherin hereinkommen sehen?«

Isabelle wollte nicht antworten.

Ich nahm das Handtuch mit dem Wabenmuster und trocknete das Zahnputzglas ab.

»Weiß sie, dass du bei mir bist?«

Auf einmal zog sie mich an den Haaren. Sie stieß ihren Stachel in meinen Nacken.

»Es kommt jemand«, sagte Isabelle.

Sie ließ von mir ab, hob den Vorhang ein Stück, schlüpfte hinaus.

»Falscher Alarm. Da ist niemand auf dem Gang«, sagte Isabelle.

Sie beruhigte mich. Sie war gegangen.

Aber die Aufseherin kam:

»Jemand war bei Ihnen. Leugnen Sie es nicht. Der Name ihrer Gefährtin?«

»Gefährtin?«, sagte ich verächtlich.

»Warum lächeln Sie?«

»Isabelle hat mir geholfen. Isabelle hilft mir, wenn ich spät dran bin. Die frühere Aufseherin wusste das.«

»Sie erstaunen mich. Ich dachte, Sie verstehen sich nicht. Nun aber rasch, wir gehen hinunter«, sagte die Aufseherin, befreit von ihrem Unbehagen.

•

Andréa war in Halbpension und traf früh ein, um mit uns im Speisesaal zu frühstücken, kehrte aber zum Abendessen und zum Schlafen aufs Land zurück, verbrachte die freien Donnerstage und Sonntage auf den Wiesen, im Stall. Andréa war ein hübsches Winterquartier. Ihre Augen glänzten vor Kälte, der Frost ließ ihre stets spröden Lippen schrumpeln. Ich gab ihr die Hand, ich berührte den Sauerstoff der Freiheit.

»Ist das Wetter bei euch schön?«, fragte ich sie.

»Genauso wie hier«, antwortete sie.

»Es gibt öfter Frost«, fügte ich hinzu, aus Sehnsucht nach dem weißen Raureif.

»Mit dem Frost ist es vorbei. Mein Vater dengelt schon die Sense für das Heu«, sagte sie.

An diesem Morgen überließ ich Andréa dem weißen Raureif.

»Renée hat mir Fotografien gezeigt. Wie findest du

diese hier?«, fragte mich Isabelle, bevor wir in den Speisesaal gingen.

»Eine Landschaft, sie ist gelungen.«

Isabelle machte mir mit ihren Haaren, die meine streiften, Avancen.

Ich hatte Angst zu schreien. Ich wich zurück.

Isabelle warf ihre Haarsträhne zurück, kam näher. Ihre Wange legte einen langen Kuss auf meine.

»Hör auf«, sagte ich, »hör auf, du bringst mich um.«

Sie stieß mich wütend gegen Renée, entschuldigte sich.

Kleine Mädchen lenkten uns mit ihrem Gekreische ab. Ich liebe dich und du willst nicht antworten, sagte die Hand in meiner. Renée betrachtete die Fotografie, ahnte vermutlich, dass sie ein Paar neben sich hatte, denn sie wagte nicht aufzuschauen. Ich war gefangen zwischen der falschen Unschuld der einen und der Kühnheit der anderen. Isabelle streichelte mich in den Falten meiner Schürze. Es war verrückt. Ich faulte, mein Leib war überreif.

»Bekomme ich endlich meine Fotografie zurück?!«, sagte Renée.

»Lass sie ihr. Sie sieht sie sich eben genau an«, sagte Isabelle zu Renée.

Isabelle, die erriet, dass das Hochglanzpapier mich schützte, lenkte den Blitz ab, der in mein Innerstes gefahren wäre, der das schreckliche Strahlen in meinem

Bauch verraten hätte. Ich brach mit der Landschaft in der Hand zusammen.

»Gib ihr eine Ohrfeige«, sagte Renée zu Isabelle, »gib ihr eine Ohrfeige, damit sie zu sich kommt.«

Isabelle antwortete nicht.

»Ein Taschentuch, schnell ein Taschentuch, Eau de Cologne«, rief eine andere. »Thérèse ist ohnmächtig ... Thérèse geht es nicht gut.«

»Holt Essig, holt Alkohol!«

Ich hörte zu und ruhte mich auf dem Kachelboden aus, einen Schwächeanfall vortäuschend. Aus Angst, mich lächerlich zu machen, wagte ich nicht aufzustehen. Ich verausgabe mich oft schon beim Aufwachen: Ich stelle mir den Schmerz oder die Abwesenheit von Schmerz bei denen vor, die erfahren, dass ich nicht mehr lebe. Isabelle schwieg, gewöhnte sich an meinen Tod. Schülerinnen schüttelten mich, zogen meine Lider hoch, riefen meinen Namen, fanden mich nicht. Ich hatte mich zum Verschwinden gebracht, weil ich sie nicht in der Öffentlichkeit lieben konnte. Der Skandal, den ich uns erspart hatte, betraf nur mich. Ich stand auf und rettete mich vor dem beißenden Essiggeruch.

»Es war nichts«, sagte ich.

Ich klopfte mir auf die Stirn.

»Gehen Sie in den Schlafsaal hoch«, wies mich die neue Aufseherin an. »Wer will sie begleiten?«

Sie tupfte meine Stirn, meine Lippen mit ihrem verfluchten Essig ab.

»Ich gehe mit«, sagte Isabelle.

Wir gingen ungelenk davon, in den Ohren den militärischen Gleichschritt der Schülerinnen im Speisesaal. Isabelle legte den Arm um eine Schülerin, die einen Schwächeanfall hatte. Die Not ist größer als die Schuld. Wir gingen, ohne zu sprechen, ohne uns anzusehen. Sie blieb stehen, wenn ich stehen blieb, sie ging weiter, wenn ich weiterging. Traurig trat ich auf die Fußmatte unten an der Treppe, ich hoffte auf eine Annäherung. Ich liebte sie so sehr, das ganze Geländer entlang, auf jeder Stufe … Jedes Mal, wenn ich den Fuß hob, gelobte ich Versöhnung. Sie zog ihren Arm zurück, knöpfte das Bündchen ihres Ärmels zu, umfasste wieder meine Taille, um der Aufseherin zu gehorchen. Eine Krankenschwester schob mich durch den Gang des Schlafsaals, hob den Vorhang meiner Zelle, ging fort, in ihre eigene. Meine essigbespritzte Schürze, meine feuchten Haare deprimierten mich.

Sie öffnete den Vorhang weit, lüftete alles, bevor sie eintrat. Sie desinfizierte meine Seele, sie schüchterte mich ein.

»Warum hast du das getan, Thérèse?«

Sie nannte mich beim Namen, sie versüßte das Vergangene.

»Warum hast du das getan? Bist du erschöpft oder hast du nur so getan?«

»Ich habe nur so getan. Sei mir nicht böse.«

»Ich bin dir nicht böse.«

»Lass die Bürste! Geh nicht …«

Sie kam in meine Nische zurück, ein Geschenk der Sonne. Ich küsste innig ihre Hand.

»Verzeih mir«, flehte ich.

»Sei still. Was du da sagst, ist schrecklich. Bist du müde?«

»Ich werde bis zu den Ferien nicht müde sein.«

»Ich muss mich im Speisesaal sehen lassen, Thérèse.«

Ihr Gewicht auf meinem Schoß tröstete mich.

»Schließe die Augen, hör zu: Ich bin in der Vorhalle zusammengebrochen, weil du mir zu nahegekommen bist. Ich hatte keine Kraft mehr. Du hast mich provoziert.«

»Das stimmt«, sagte Isabelle.

Sie öffnete die Augen, unser weicher Kuss ließ uns aufstöhnen.

»Es kommt jemand«, sagte Isabelle. »Die Spucke … Wisch die Spucke ab …«

»Immer noch nicht bei Tisch, Isabelle!«, sagte die Oberaufseherin. »Ihnen werde ich das Frühstück bringen lassen.«

•

Als ich in den Studiersaal zurückkehrte, fand ich einen Umschlag in meinem Fach. Da ich keinen Unterricht hatte, setzte ich mich auf Isabelles Platz, betrachtete die Tintenflecken auf ihrem Pult. Im hellen Licht des jungen Tages lernten ein paar Schülerinnen. Als ich mir die Hand aufs Herz legte, zitterte der weiße Umschlag, erschauerte Isabelles Handschrift. Ich schob die Lektüre auf, las stattdessen in einem Physikbuch, arbeitete lustlos im Innern meines Faulpelzpanzers. Die Sonne lockte mich, die Reflektionen des Himmels färbten meine Handgelenke. Die gebieterischen Stimmen der Lehrerinnen, die durch die offenen Fenster drangen, hatten in den Räumen nicht die gleiche Resonanz wie im Winter.

Gebt uns eure Lumpen, Jahreszeiten. Seien wir Vagabunden mit regenglänzendem Haar. Willst du, Isabelle, willst du mit mir an einer Böschung leben? Mit Löwenkiefern werden wir an unseren Brotkanten kauen, im Sturmwind werden wir den Pfeffer finden, ein Haus werden wir haben, Spitzenvorhänge, während die Planwagen vorbeirollen, auf dem Weg zu den Grenzen. Ich werde dich zwischen den Weizenähren entkleiden, dich in die Heuballen betten, dich im Wasser unter den tiefen Ästen zudecken, dich auf dem moosigen Waldboden umhegen, dich in der Luzerne nehmen, dich, meine Karolingerin, auf Heuwagen heben.

Ich floh aus dem Studiersaal, las ihren Brief in den Toiletten:

»Sammle deine Kräfte, schlaf, wo immer du kannst, stärke dich für die kommende Nacht, denk an unsere Zukunft, an heute Abend.«

Ich legte die Kette des Spülkastens um meinen Hals, küsste mit jedem Glied einen von Isabelles Wirbeln, ich zerriss ihre Anweisungen und warf sie in die Toilettenschüssel. Viertel nach neun. Die Uhr im Ehrenhof zeigte eine olympische Zeit an, erhaben über der beschränkten Zeit der Klassenräume.

Mein Physikbuch löste sich von seinem Papierumschlag, mein Minenstift rollte unter den Heizkörper: Die vernachlässigten Dinge flohen vor mir. Externe warteten im Flur auf die zweite Stunde, sie kamen und gingen vor der Glastür. Sie liebten nicht – ihre Gelassenheit und Sorglosigkeit waren bedrückend.

»Man redet mit dir«, sagte eine Schülerin zu mir.

Ich schlief während der Kosmographiestunde.

»Sie war krank«, sagte die Schülerin. »Sie ist in der Vorhalle ohnmächtig geworden. Man weiß nicht, was sie hat.«

Ich schlief wieder ein.

Auf die Kosmographiestunde folgte der Ethikunterricht, ich döste weiter. Elf Uhr fünfundzwanzig, elf Uhr dreißig, elf Uhr fünfunddreißig. Im weiten

Winkel dieser zwölften Stunde erblickte ich unser Wiedersehen. Ich schreckte aus dem Schlaf auf wie ein undisziplinierter Scharfschütze. Ich puderte mein Gesicht unter dem Pult, prüfte im Taschenspiegel, was Isabelle lieben und was sie nicht lieben würde. Es läutete, die Schülerinnen johlten, ich hatte etwas vor.

»Ja, zwei Rosen … Zwei rote Rosen. Geh zum besten Blumenhändler!«

»Welche Größe?«, fragte die Externe.

»Nimm die schönste. Ja, für eine Lehrerin, wenn du so willst. Riech an ihnen, bevor du sie kaufst. Am liebsten rosarote.«

»Geh schon«, sagte die Externe, »du kannst dich drauf verlassen.«

Halstücher und Handschuhe schlugen mir schmerzhaft ins Gesicht, als andere Externe zum Ausgang strömten. Sie schubsten mich, rissen mich mit. Ich kehrte um: Ich hatte jemanden.

•

Der Musiksaal unter dem Dach bewahrte die animalische Wärme der rund hundert Schülerinnen, die Stunde um Stunde geübt hatten. Ich ging hinein. Ich ließ mich an einem Pult nieder. Ich hörte den Wassertropfen, der in ein Waschbecken fiel, wartete auf den nächsten. Sie wusste nicht, wo ich sie liebte. Ich wollte, dass sie kam. Es war für mich unvorstellbar, dass sie nicht hellsehen konnte. Zwanzig vor zwölf … Zwischen zwei Wassertropfen zählte ich bis sechs. Ihre Schritte.

Sie zertrampelte mein Herz, meinen Bauch, meine Stirn, bevor sie eintrat. Eine Lichterstadt kam auf mich zu. Ein überwältigender Zauber. Ich ahnte, dass sie mich hinter der Scheibe suchte, während ich sie durch das Dunkel unter meinen Lidern erblickte. Ich ließ den Kopf unten, verharrte in meiner Witwenschwärze. Raben stoben davon, Raureif überzog die Nussbäume weiß. Sie kam, sie atmete durch meine Lungen.

»Ich habe dich überall gesucht«, sagte Isabelle.

Isabelle ließ sich auf meinen Rücken fallen, schluchzte vor Freude. Sie setzte sich auf die Bank.

Wir liebten uns und wir hielten uns zurück. Wir hielten das Gleichgewicht auf der Blüte einer wilden Rose. Sie prüfte meine Lippen, berührte sie mit ruppiger Hand:

»Bist du es, bist du es wirklich?«

Die Hand bettelte auf meinen Lidern um Gewissheit.

Ihr Gesicht tauchte ab, ihr Gesicht sank unter meine Brüste.

»Dein Gesicht ist zu weit weg«, sagte ich.

»Ich habe dein Kleid zerrissen«, sagte Isabelle.

Sie richtete mein Kleid mit einer Nadel, besserte es aus, während ich in ihrem Haar den Duft der Erinnerung einsog.

»Es kommt jemand!«

Wir trennten uns, versteckten uns jede in einem Winkel. Eine Repetitorin drehte den Schlüssel zu ihrem Zimmer um. Ruhig und erhaben schritt sie vorbei.

»Die Aufseherin hat gesagt, ich soll dich um vier Uhr zum Arzt begleiten«, sagte Isabelle.

Wir fielen einander in die Arme.

»Viertel vor zwölf!«, sagte Isabelle. »Komm, komm …«

Wir ließen uns auf die Stufen des Podiums fallen.

»Viertel vor zwölf, Thérèse!«

Ich zögerte wegen meiner tintenbefleckten Finger.

»Halte mich nicht davon ab!«, sagte ich aus Verlegenheit.

Ich fürchtete, sie zu demütigen, wenn ich ihren Rock hob.

»Fast zehn vor zwölf, Isabelle!«

»Wenn du nicht leiser sprichst, wird man uns erwischen«, sagte Isabelle.

Ich hob ihren Rock. Isabelle erschauerte an meiner Schläfe.

Ich wanderte mit den Fingern unter den plissierten Stoff, ihre Unterwäsche machte mir Angst. Sie war zu schamlos unter ihrem Kleid. Meine Hand glitt zwischen Haut und Stoff voran.

»Lass mich machen. Schau nicht hin, wenn es dich schockiert«, sagte Isabelle.

Ich schaute.

Sie richtete sich auf, gab mir meine Hand zurück.

»Was für ein unmöglicher Slip«, sagte sie.

Eine schlafwandelnde Hand zog ihn aus, stopfte ihn in die Schürzentasche. Isabelle bot sich auf den Stufen dar.

»Er hat dich beengt, mein goldenes Lamm. Du bist ganz zerknautscht. Spürst du meine Wange auf dir, mein kleines Fohlen? Ich bürste dich, ich entwirre dich, ich umschmeichle dich, mein kleines Goldbraunes … Du glänzt, Isabelle, du glänzt …«

Ich stand auf, ich musterte sie.

»Komm wieder her … Lass mich nicht allein.«

»Willst du das?«

Ich war sadistisch. Warten und warten lassen ist ein süßes Laster.

»Und wenn uns jemand überrascht«, überlegte ich laut.

»Ich kann nicht mehr warten«, seufzte Isabelle.

Sie knetete ihre Hände über ihrem Gesicht.

Ich sank vor dem Medaillon auf die Knie, ich betrachtete das Strahlen auf ihren Locken.

Ich wagte mich voran wie ein Schmuggler, das Gesicht zuerst. Isabelle klappte die Beine zu wie eine Schere.

»Ich schaue, ich bin gefangen«, sagte ich.

Wir warteten.

Der Sex stieg uns zu Kopf. Durch Isabelle ging ein Riss. Unzählige Herzen schlugen in ihrem Bauch, auf meiner Stirn.

»Ja, ja … Langsamer. Ich sage langsamer … Höher. Nein … weiter unten. Fast … Du hast es fast … Ja … Ja … fast genau da … schneller, schneller, schneller«, sagte sie.

Meine Zunge suchte in der salzigen Nacht, in der klebrigen Nacht, auf zartem Fleisch. Je mehr ich mich anstrengte, desto mysteriöser waren meine Bemühungen. Bei der Perle zögerte ich.

»Hör nicht auf. Ich sage dir, da ist es.«

Ich verlor sie, ich fand sie wieder.

»Ja, ja«, seufzte Isabelle. »Du findest es, du findest es«, rief sie begeistert. »Mach weiter. Ich bitte dich … Da … ja, da … genau da …«

Ihre Angst, ihre Autorität, ihre Anweisungen, ihre Widerrufe lenkten mich ab.

»Du willst mich nicht führen«, sagte ich, ausgeschlossen aus dem phantastischen Universum.

Ich sprach mit ihr zwischen ihren Schamlippen.

»Ich tue nichts anderes«, sagte sie. »Du bist mit den Gedanken nicht bei der Sache.«

»Ich denke zu sehr daran«, sagte ich.

Meine Schweißtränen nässten ihren Busch.

»Bring es mir bei … Zeig mir wie …«

»Nimm dein Gesicht weg, schau zu.«

Isabelle lag auf den Stufen des Podiums, suchte sich, fand sich.

»Komm näher, schau, schau. Hier ist es. Wenn du es verlierst, findest du es wieder. Oh, oh … Nein. Nicht jetzt. Du, du!«

Ich schaute auf das goldbraune Haar zwischen ihren gespreizten Fingern, ich zitterte vom Muskelzittern ihrer Hand. Der Finger kreiste. Bald würde ich die Freuden ihres Orgasmus empfangen.

Ihr Hals streckte sich, ihr Gesicht entfernte sich. Ihre Augen öffneten sich: Isabelle erblickte ihr Paradies.

»Du. Nicht ich«, sagte sie.

Sie ließ von sich ab, schloss die Finger zur Faust.

»Eine Minute nach zwölf! Sie sind im Speisesaal. Eine Minute nach … Ich habe Angst mich zu irren.«

»Doch, doch … Bis heute Abend, wenn es sein muss«, sagte sie.

Ich bemühte mich so sehr, dass das Fleisch unwirklich schmeckte. Allzu nah an ihrem Geschlecht, dachte ich, dass ich ihr geben wollte, was immer sie sich wünschte. Mein Geist war gefangen im Fleisch, meine Selbstlosigkeit wuchs. Wenn es mir an Speichel fehlte, bildete ich welchen. Ich wusste nicht, ob das mittelmäßig oder wunderbar für sie war, aber wenn die Perle sich entzog, fand ich sie wieder.

»Genau da, immer da«, sagte Isabelle.

Wehmut und Glückseligkeit vermischten sich.

»Du hast es gefunden«, sagte sie.

Sie verstummte, achtete auf das, was sie fühlte.

Ich empfing, was sie empfing, ich war Isabelle. Meine Anstrengung, mein Schweiß, mein Rhythmus erregten mich. Die Perle wollte, was ich wollte. Ich entdeckte das kleine männliche Geschlecht, das wir besitzen. Ein Eunuch fasste wieder Mut.

»Ich werde kommen, meine Liebste. Es ist schön, ich werde kommen. Es ist so schön. Mach weiter. Hör nicht auf, hör nicht auf. Weiter, weiter, weiter ...«

Ich richtete mich auf: Ich wollte ein Orakel auf unseren Strohmatten sehen.

»Bleib da, hör nicht auf«, sagte Isabelle außer sich.

»Sag Bescheid«, sagte ich, mein Gesicht in der Glut ihres Geschlechts.

»Ja, aber bleib.«

Ich ließ nicht nach, ich war ihr Spiegelbild.

»Es hat angefangen. Es fängt an. Es steigt. In die Beine, in die Beine ... Ja, meine Liebste, ja. Weiter ... immer weiter ... in den Knien, in den Knien ...«

Sie lauschte dem Gefühl, sie rief um Hilfe.

»Es steigt, es steigt höher.«

Sie verstummte. Ich wurde mit ihr überschwemmt und fortgetragen. In meinem Innern trug ich Narben.

Wir dankten einander mit brüchigem Lächeln.

»Diesmal kommt jemand. Versteck dich. Ich geh hinaus und verdecke das Fenster. Geh in den Schlafsaal … Um vier Uhr gehen wir zusammen raus«, flüsterte Isabelle.

»Deine Haare! Deine Haare!«

Sie flocht die Unordnung und den Wahnsinn in ihren Zopf. Als sie hinausging, hatte sie sich im Griff.

Eine Schülerin rannte den Flur hoch. Ich lauschte hinter der Tür.

»Du hast den Verstand verloren«, sagte Renée. »Weißt du, wie spät es ist? Zwölf Uhr fünfundzwanzig. Ich habe dich überall gesucht, in den Klassenräumen, im Studiersaal, auf der Krankenstation. Die Direktorin ist außer sich.«

»Weiß sie es?«, fragte Isabelle.

»Sie ist in den Speisesaal gekommen. Dein leerer Platz hat sie schockiert. Was hast du denn getrieben?«

»Ich war im Chemiesaal. Ich habe gearbeitet. Ich werde es der Direktorin erklären«, sagte Isabelle.

»Auch Thérèse ist verschwunden. Alle dachten, sie läge krank im Schlafsaal. Ich habe ihr das Essen hochgebracht. Keiner da. Ihr seid unmöglich«, sagte Renée.

Sie gingen davon.

In meiner Zelle stand das Tablett mit den Fleischresten, Linsen, zwei kleinen grünen Äpfeln.

Iss. Iss, um am Nachmittag um vier bei Kräften zu sein, dachte ich, bevor ich die traurigen, erkalteten Speisen verschlang.

»Wieder ganz gesund?«, fragte mich die Aufseherin, die ich unten an der Treppe mit meinem Tablett anrempelte.

»Um vier Uhr gehe ich zum Arzt«, sagte ich süffisant.

Ich rannte in den Pausenhof, um sie wiederzusehen.

»Isabelle hat Ärger bekommen, sie arbeitet«, teilte mir Renée mit.

»In Zukunft bitten Sie mich um Erlaubnis, bevor Sie in den Schlafsaal hochgehen, auch wenn Sie sich nicht wohlfühlen«, sagte die neue Aufseherin zu mir.

Sie stellten sich auf, um in den Studiersaal zu gehen.

Wir Schülerinnen lauschten dem Klingeln der Straßenbahn, dem Klagen der Schienen, als die Straßenbahn wieder losfuhr. Der Lärm und die Gerüche der Stadt waren keine Befreiung mehr für mich – die Schule war der Ort meiner Stelldichein, die Schule war mein Armband und meine Halskette.

Isabelle arbeitete. Ich schlug ein Buch auf, hörte:

»Schneller, langsamer, weiter, weiter, es hat angefangen, es fängt an, höher, weiter unten, hör nicht auf, geh nicht, weiter, immer weiter … Ich werde kommen. Das ist schön. Ich werde kommen. Das ist so schön … Weiter, weiter … Da, immer nur da.«

Ich hörte ihre Stimme bis zum Ende der Lernzeit.

»Zwölf Rosen! Was hast du dir dabei gedacht?«, fragte ich die Externe. »Ich hatte nicht zwölf gesagt, sondern zwei. Und dazu ein Schuhkarton. Du bringst mich in Verlegenheit!«

»Wegen dir habe ich kaum etwas zu Mittag gegessen. Ich habe auf dem Speicher nach dem Karton gesucht. Das ist alles, was ich gefunden habe, um sie zu verstecken, und du bist nicht zufrieden! Zwei Rosen hätten armselig gewirkt. Du zahlst es mir zurück, wenn du kannst.«

»Ich bezahle sie dir gleich, aber du nimmst sie mit zu dir. Du musst sie mir abnehmen. Ich nehme zwei und du schenkst die anderen deinen Eltern …«

»Sie waren für die Aufseherin!«

»Nein … Aber du bringst mich auf eine Idee.«

»Wir sprechen später darüber. Ich mag große Sträuße«, sagte die Externe.

Ich verschwand mit den Blumen im Schlafsaal.

»Was machen Sie hier?«, fragte die neue Aufseherin. »Sie sind ja wohl nicht immer noch krank!«

Ein schäbiger Shampoogeruch erstickte meine Rosen, als sie ihren Vorhang aufzog.

»Ich habe nach Ihnen gesucht. Ich wollte Ihnen diese Blumen schenken.«

»Wo kommen die her?«

»Ich war ungehorsam. Eine Schülerin hat sie mir mitgebracht. Sie sind vom Blumenhändler.«

»Ich werde ein Auge zudrücken, aber tun Sie das nicht noch einmal.«

Sie freute sich.

»Das kann ich nicht annehmen«, sagte sie, »wirklich nicht. Kommen Sie herein. Ich werde mal einen Blick auf Ihr Geschenk werfen.«

Überall Zierdeckchen, Batist, Linon, verhinderte Tage, Bänder, bestickte Kissen, weibische Ausdünstungen. Mit einer Stoffschere schnitt sie die Kartonschnur durch. Sie entfernte das Papier mit ihren langen begehrlichen Händen.

»Rosen …«

Ich beugte mich über meine geopferten Blumen, die sie nicht zu wecken wagte.

»Das ist zu viel. Ich sollte mit Ihnen schimpfen. Wirklich, das ist zu viel.«

Einfältige Kuh, dachte ich. Sie wollte einen Händedruck.

Ich schlief wie gewohnt, ich sammelte Kräfte, erholte mich während des Unterrichts in der letzten Reihe.

Um vier Uhr wartete Isabelle vor der Klassentür auf mich.

»Ich gehe mit dir zum Arzt«, sagte sie.

»Wir hatten es gut hier«, sagte ich durch das Stimmengewirr.

»Das ist ein Befehl«, sagte Isabelle. »Ich gehe in den Schlafsaal, um mich anzuziehen und das solltest du auch tun.«

Unsere Verbindung löste sich, mich verließ der Mut. Mit ihr hinauszugehen war unglaublich.

Da ging ich ihr nach.

Isabelle kam mit offenem Haar aus ihrer Zelle, um die Schultern ihr arabisches Reitertuch, Isabelle beruhigte mich mit der Aufmachung unserer ersten gemeinsamen Momente. Sie liebkoste den Griff ihrer Haarbürste.

»Wir gehen. Kannst du dir das vorstellen?«, sagte sie.

»Geh nicht in deine Zelle. Damit ich dich weiter ansehen kann«, sagte ich.

Die Hand mit der Bürste sank zurück. Das Haar erlosch.

Ich eilte zu ihr:

»Geh in deine Nische, sei schön, ohne dass ich es sehe«, sagte ich.

Isabelle warf die Bürste in den Gang. Sie legte ihre Haare wie einen Schal um meinen Hals.

»Ich will dich erwürgen, Thérèse! Ich will es«, sagte sie.

Aber sie zog nicht zu.

Unser intimes Geflüster auf dem Gang verunsicherte mich. Ich nahm sie an der Hand, zeigte ihr bei der Aufseherin den Rosenstrauß.

»Ich habe ihn ihr vorhin geschenkt. Du bist doch nicht böse?«

»Böse! Das sind doch nur Blumen«, sagte sie, ohne sich umzudrehen.

Das Tuch auf ihren Schultern flog bei jedem Schritt auf, ihre Haare waren aufregender als die Rosen. Ich ging in meine Nische zurück.

»Dieser Ausgang macht mir Sorgen.«

»Mir nicht. Ich habe Lust, mit dir spazieren zu gehen und das werden wir auch tun. Wir werden sagen, dass der Arzt zu einem Notfall gerufen wurde. Ich kümmere mich darum.«

Isabelle kam zurück. Sie hob den Vorhang meiner Zelle:

»Ziehst du dich nicht um? Willst du, dass ich dir helfe?«

»Es ist mir nicht wohl dabei. Ich habe ein bisschen Angst.«

Sie nahm meine Handgelenke.

»Angst! Spürst du denn nicht, dass ich bereit bin, alles aufzugeben?«

»Sogar deine Ausbildung?«

»Vor allem meine Ausbildung, denn das wäre am schwersten«, sagte Isabelle.

»Das möchte ich nicht. Das würde ich niemals wollen«, sagte ich.

Wir machten uns bereit. Die Schreie im Pausenhof gingen uns nichts mehr an.

»Ich vertraue sie Ihnen an«, sagte die Oberaufseherin zu Isabelle. »Sie haben den Brief mit der Hausnummer und dem Straßennamen. Er wird zu Hause sein. Er weiß Bescheid. Kommen Sie mit guten Nachrichten wieder.«

»Erlauben Sie uns eine kleine Runde durch die Stadt?«, fragte Isabelle.

»Unter der Bedingung, dass sie es nicht übertreiben. Reißen Sie nicht aus«, rief sie.

Ruhig gingen wir durch den Ehrenhof, aber die Blumen, das Gras, die Bäume flogen davon. Der Concierge grüßte uns.

Wir gingen an der Schulmauer entlang, hörten die Stimme des Klavierlehrers, das Taktklopfen mit dem Lineal aus Ebenholz, das immer auf dem Klavier lag.

»Freust du dich nicht?«

»Wir hatten es gut in der Schule.«

Wir gingen an der Mauer der Knabenschule von Saint-Nicolas entlang. Die Priester unterrichteten, ein paar Jungen tobten herum.

»Darf ich dir meinen Arm geben?«

»Wir müssen aufpassen«, sagte Isabelle.

Die Straßenbahn und ihr Klingeln, das wir gewöhnlich im Pausenhof hörten, stiegen zur Schule hoch. Die Schülerinnen würden das Klappern der langsamen Fahrt hören. Auf verschlafene Häuser folgten Geschäfte, das Klagen der Straßenbahn auf den Schienen setzte sich hinter der Schule fort: Wir waren in der Stadt.

Isabelle blieb vor der Auslage eines Ledergeschäfts stehen. Sie wollte, dass ich mit ihr den Friedhof der schwarzen Wildlederdinge betrachtete.

»Magst du dieses Zeug?«

»Ich mag es, ich mag es … du weißt, was ich mag«, sagte Isabelle.

Ich empfand Stolz, wir waren zwei gegen die Stadt.

»Wirst du mich vergessen? Ich dich niemals«, sagte Isabelle.

Sie betrachtete eine Schnalle aus Strass.

»Du wirst immer in mir leben. Du wirst mit mir sterben«, sagte ich.

Ich schloss die Augen, ich stellte mir vor, wie sie leise mit mir im Dunkel des Schlafsaals sprach.

Ich schob meinen Arm unter den ihren, knetete ihre behandschuhte Hand, führte einen Finger in die Raute, erreichte die Mulde. Die müßige Verkäuferin beobachtete uns.

»Die Direktorin würde sagen, dass wir uns schlecht benehmen. Ja, gib mir deinen Arm«, sagte Isabelle.

Wir gingen weiter, stiegen über das Licht um einen Kirchturm. Das zarte Scheppern eines Milchwagens unterlegte unseren Höhenflug; das Klappern der aneinanderstoßenden Kannen, der auf dem Wagen dösende Fahrer lösten bei mir Sehnsucht nach Butterblumen aus.

Wir rannten, brachten die Freiheit außer Atem, wir rannten auf dem Lagerplatz von einem Anthrazitkegel zum nächsten, entlang der blauen Spiegelungen, und richteten uns auf der Höhe der stolzen Pyramiden wieder auf. Ich erinnere mich an den Kohlenhändler mit dem verbeulten Gesicht, der uns auf dem Weg ins Lager verdutzt ansah, ich erinnere mich an seine weißen Augen und den kleinen Karren, den er mit den Fingerspitzen lenkte.

»Was machen wir jetzt?«, fragte Isabelle.

»Ich weiß nicht.«

»Ich weiß es«, sagte sie.

»Gehen wir spazieren? Oder in die Bahnhofshalle? Kaufen wir eine Bahnsteigkarte? Essen wir eine Kleinigkeit in einer Konditorei?«

Sie winkte ab.

»Ich habe eine Adresse«, sagte Isabelle. Ich schwieg.

»Sag etwas. Ich habe eine Adresse für uns beide. Freust du dich etwa nicht?«

Wir trotteten an einer rauen Fabrikmauer entlang. Irgendwo fiel eine Planke zu Boden.

»Wir gehen ins Hotel«, sagte Isabelle. »Nicht wirklich ins Hotel. In ein Haus.«

Ich machte mich von ihr los.

»Willst du nicht?«

»Ich weiß nicht, was das ist.«

»Das ist ein Haus mit einer Dame, die uns empfängt, mit einer freundlichen Dame.«

»Woher weißt du das?«

»Das ist ihr Geschäft. Sie muss also freundlich sein«, sagte Isabelle.

Wir gelangten zu einem Platz mit Baumstümpfen, die einen Kreis bildeten.

»Entscheidest du dich mal?«

»Ich traue mich nicht«, sagte ich.

Wir liefen wütend um die amputierten Bäume herum.

»Also? Ja oder Nein?«

»Wir hatten es gut in der Schule …«

»Wir werden es noch viel besser haben als in der Schule«, sagte Isabelle.

Ich nahm ihre Handtasche, trug sie mit meinem Portemonnaie, schob meinen Arm unter ihren. Unsere verschlungenen Hände liebten sich.

»Hast du keinen Hunger? Hier in der Gegend sind ein paar Konditoreien«, sagte ich mit der schwachen Hoffnung, sie von ihrem Vorhaben doch noch abzubringen.

»Seit ich dich kenne, habe ich keinen Hunger mehr. Da ist es. Das muss es sein.«

»Algazine, Kleider und Mäntel. Ist das die Adresse?«

»Los, drück doch auf die Klingel. Sie ist auf deiner Seite.«

Ich konnte mich nicht entschließen.

»Sie erlauben«, sagte ein Mann mit Bart, »es sei denn, Sie haben geklingelt. In dem Fall …«

»Das haben wir«, entgegnete Isabelle.

Der Mann lüftete seinen affektierten Filzhut, die Tür öffnete sich von allein.

»Nach den Damen«, sagte der Herr.

Er trat beiseite, hob erneut seinen Hut. Isabelle schob mich vorwärts. Ich ging als Erste hinein. Am Garderobenständer hingen verschlissene Regenmäntel, die bestimmt schon lange keinen Regen mehr gesehen hatten, darunter fielen Gehstöcke mit vergoldeten Knäufen, mit Tierkopfskulpturen aus Holz und Silber zu allen Seiten auseinander wie die Halme einer Garbe. Der Bärtige putzte sich die Schuhe ab.

»Sie kennen sicher den Weg«, insinuierte er mit einer säuselnden Stimme, die mit der von draußen keine Ähnlichkeit mehr hatte.

»Nein!«, sagte Isabelle.

Wir stellten uns an die Wand, spürten die Feuchtigkeit im Rücken, während er im Flur herumtrippelte, den Hut in der Hand, die Aktentasche unter dem

Arm. Er krümmte den Zeigefinger, zögerte, klopfte dann zweimal an eine Glastür, die mit Fensterpapier bedeckt war.

»Herein, aber kommen Sie doch herein!«

Die Stimme kam aus einem Berg von Zuvorkommenheit.

Er strich sich über den Bart, öffnete die Tür.

»Ich bitte Sie …«

Er blickte auf Isabelles zu kleinen Blusenausschnitt.

Ich erwartete immer noch Schneiderpuppen, Stoffreste, Spulen, doch da waren nur Pflanzen, Sträucher, Vögel, Volieren.

»Ich werde sie holen«, sagte der Mann.

Er ging in einen kleinen Innenhof, der angenehm zugestellt war mit Knollengeranien, Efeu, Zierwein in Töpfen, Farnen, Gießkannen, Pflanzenregalen.

»Gehen wir!«, sagte ich.

»Warten wir auf sie«, sagte Isabelle entschlossen.

Isabelle betrachtete ein Gemälde mit orangefarbenen Felsen, Wellen in künstlich schrillem Blau. Die in den Volieren singenden Vögel brachten das Licht zum Schäumen.

»Ich bitte Sie, bleiben Sie sitzen«, sagte die Dame. »Entschuldigen Sie bitte. Ich habe meine Comtessen gepflegt.«

Sie deutete auf die Pflanzen, ihre lange Perlenkette reichte ihr bis zum Bauch.

»Ihr dürft nicht solchen Lärm machen, wenn ich Besuch habe«, sagte sie zu den Vögeln.

Der Mann mit der Aktentasche und dem Hut in der Hand grüßte uns. Er ging, wie er gekommen war.

»Er hat Mademoiselle Paulette nicht vorgefunden. Er ist untröstlich«, sagte die Frau mit den groben Gesichtszügen.

Trotz ihrer Größe, ihres Alters, ihres Gewichts kam sie mit einem Satz auf dem Tisch zu sitzen.

»Ich gehöre ganz Ihnen.«

Isabelle stand auf:

»Wir sind hier wegen eines Zimmers.«

Madame Algazine schaute uns prüfend an und spielte mit ihrer Halskette.

»Wir möchten es für etwa eine Stunde mieten«, sagte Isabelle.

Der an der Decke hängende Käfig schaukelte, der Vogel zwitscherte unter der Porzellankuppel.

»Ich verstehe«, sagte Madame Algazine.

Sie warf die Perlenkette über die Schulter.

»Sie sind minderjährig«, bemerkte sie.

Sie verschwand im Hof. Isabelle knirschte mit den Zähnen. Doch sie kam zurück mit einem zarten Salatblatt, das sie durch die Stäbe des Käfigs schob. Sogleich eilte sie in den Hof zurück.

Ich stand auf, ich rief:

»Madame!«

»Sofort, meine Kleinen, sofort«, sagte sie herablassend.

»Madame!«, sagte Isabelle bestimmt.

Sie erschien erneut.

»Wir möchten ein Zimmer bei Ihnen mieten, sagte ich.«

Madame Algazine riss die Augen auf:

»Warum habt ihr das nicht gleich gesagt, meine Hübschen?«

»Wir haben es Ihnen gesagt.«

Hin und wieder stießen die Flügel an die Käfigstäbe, die Verletzung in unserem Geist war grau.

»Sind Sie minderjährig? Natürlich.«

»Ja«, antworteten wir gleichzeitig.

»Sind Sie Schülerinnen des Internats? Sie tragen die Uniform.«

»Wir bezahlen Sie, wir haben Geld«, sagte Isabelle.

»Bezahlen Sie danach«, sagte Madame Algazine.

Isabelle öffnete ihre Jacke, aber ich stellte mich vor sie. Anstelle ihrer Brust würde Madame Algazine den Schutzschild sehen.

»Möchten Sie ein Gläschen Portwein, etwas zum Knabbern auf dem Zimmer?«

»Wir trinken und essen, was Sie möchten«, sagte Isabelle. »Zeigen Sie uns den Weg.«

»Wir sind wohl wild entschlossen?«

Madame Algazine öffnete die Glastür, deutete mit ihrer Halskette, die sie wie einen Gartenschlauch schwenkte, zur Treppe.

»Strom ist teuer, Benzin auch, Öl auch, Streichhölzer auch. Alles ist teuer«, sagte Madame Algazine mit der Stimme, die ihrer Natur entsprach.

Auf der Treppe war es dunkel. Im oberen Stock fiel unser Blick im Vorbeigehen auf heruntergekommene Zimmer, aufgeschlitzte Klappbetten, wir stolperten über Geschirrkästen, Gipsgeröll, zerrissene Fahnen. Madame Algazine, die voranging, schenkte all diesen Dingen kaum Beachtung.

»Die erste Tür ist Ihre«, sagte sie.

»Danke, oh danke«, sagte Isabelle.

»Ich bringe Ihnen gleich den Portwein.«

Alt und allein ging Madame Algazine wieder die finstere Treppe hinunter.

Isabelle zog den Schlüssel ab, ging als Erste hinein.

»Zwei Betten!«, sagte sie.

Sie wollte die Tür abschließen, aber es gelang ihr nicht. Sie warf den Schlüssel auf den Kamin, von wo er zu Boden fiel. Ihren Internatshut schleuderte sie ans Ende des Zimmers, den Tisch schob sie vor die Tür.

»Nimm ihn ab«, sagte sie vorwurfsvoll, »wir sind hier nicht zu Besuch.«

Sie pfefferte meinen Hut gegen den Spiegelschrank, löste mein Haar.

»Leg dich mit mir auf den Boden«, sagte sie.

Mein Mund fand ihren Mund wie das Laub die Erde. Wir versanken in diesem langen Kuss, wir rezitierten unsere stummen Litaneien, waren unersättlich, wir beschmierten unsere Gesichter mit dem Speichel, den wir tauschten, wir sahen uns an, ohne uns zu erkennen.

»Im Zimmer nebenan bewegt sich jemand«, sagte ich.

Sie richtete sich auf. Ich vernichtete sie: Ich ließ sie warten.

»Ich, Isabelle. Nicht du.«

Ich zerstörte sie, als würde sie sich wehren.

»Im Zimmer nebenan bewegt sich jemand. Schau Isabelle, schau, da in der Wand.«

»Da ist ein Guckloch.«

»Man kann uns sehen. Ich bin sicher, dass sie uns sehen.«

Ich legte mich auf sie, verbarg sie vor den anderen.

»Wer *sie*?«, fragte Isabelle sanft.

»Ich weiß nicht. Die in dem Zimmer. Hör doch! Das gleiche Geräusch wie unser Bett im Schlafsaal.«

Isabelle riss die Augen auf. Ich überraschte sie.

»Vergiss die anderen und mach es dir bequem«, sagte Isabelle.

Sie kratzte mich, fuhr mit ihren Nägeln über die Kacheln.

»Unser Bett in der Nacht ... Ich flehe dich an: Hör doch!«

Es klopfte.

»Mach auf«, sagte sie. »Das ist an der Tür.«

Man versuchte, die Tür aufzudrücken, eine Stimme ertönte:

»Was haben Sie gemacht? Haben Sie sich verbarrikadiert?«

Ich hob den Schlüssel auf, zog den Tisch zurück. Madame Algazine steckte den Kopf durch den Türspalt:

»Holen Sie sich das Tablett selbst vom Treppenabsatz, da Sie sich eingesperrt haben.«

Isabelle, mitten im Zimmer liegend, verschränkte die Arme über dem Gesicht.

Ich holte das Tablett, ich hörte das Ächzen des Bettes im Nebenzimmer. Ich kehrte ins Zimmer zurück.

»Willst du nichts trinken? Willst du nicht aufstehen?«

»Ich will, dass du herkommst«, sagte Isabelle.

»Das Geräusch unseres Bettes in der Nacht ...«

»Das ist nicht das Geräusch unseres Bettes in der Nacht«, sagte Isabelle.

Ich horchte angestrengt. Der regelmäßige Rhythmus glich nicht dem abgehackten in Isabelles Nische.

»Wer ist das?«

»Ein Paar.«

Das Bett verstummte. Ich lauschte immer noch.

»Komm«, sagte Isabelle, »komm ganz angezogen.«

Ich ging zu ihr, mein Bauch brannte sich in ihr Kleid.

»Schmieg dich überall an mich, überall«, seufzte Isabelle.

Ihr Lächeln wurde breiter und ich besaß sie durch den Stoff überall. Meine Arme, meine Beine begruben sie. Ich verbarg mein Gesicht an ihrem Hals:

»Das Geräusch ist wieder da.«

Ich konnte mich von dem gleichmäßigen Takt nicht lösen.

»Hör doch!«

»Ich höre nichts«, sagte Isabelle.

Ich war vom Rhythmus gefangen, ich war verdammt ihm zu folgen, ihn herbeizusehen, ihn zu fürchten, mich ihm anzunähern.

»Trinken wir den Portwein«, sagte Isabelle.

Ich lauerte.

»Trink!«, befahl Isabelle.

Ich gehorchte. Orangefarbene Wärme breitete sich in meiner Brust aus.

»Hör doch! Jemand hat geschrien.«

Isabelle zuckte die Schultern.

»Ich höre nichts.«

Sie ging im Zimmer umher. Es wurde geseufzt, es wurde gestöhnt.

Isabelle beugte sich über das Klappbett, kramte in ihrer Tasche.

»Es ist leiser geworden. Jemand wimmert«, sagte ich.

Im Zimmer neben unserem war jemand eingemauert, jemand, der vergeblich zu fliehen versuchte.

Isabelle feilte ihre Nägel.

»Mach, dass ich nicht mehr hinhöre!«, sagte ich.

Isabelle feilte weiter ihren Daumennagel.

Die letzte Klage stieg bis zum Nordstern hinauf. Isabelles Feile kratzte an der Stille.

Isabelle verstaute die Feile wieder in ihrer Handtasche.

»Wir verschwenden unsere Zeit. Wozu haben wir dieses Zimmer gemietet?«

»Ich weiß es nicht mehr«, sagte ich.

Isabelle gab mir eine Ohrfeige.

»Ich weiß es nicht mehr, ich weiß es nicht mehr ...«

Isabelle gab mir noch eine Ohrfeige.

»Das ist ein Paar. Da ist ein Paar neben uns«, sagte ich.

Sie packte den Guéridon, stieß ihn gegen den Marmor des Kamins. Isabelles Zorn faszinierte mich.

»Zieh mich aus«, sagte Isabelle.

Ich entkleidete sie, legte ihre Kleidungstücke eines nach dem anderen auf das Klappbett.

Nackt und streng stand sie mitten im Zimmer. Ich nahm sie an der Hand, führte sie und stellte im Vorbeigehen mit der anderen Hand den Guéridon wieder auf.

Ich fiel auf Isabelle, ich legte die Form der Beine, des Spanns frei, ich erblickte mich im Spiegel. Das Zimmer war alt, der Spiegel zeigte mir die Lenden und Liebkosungen von Liebespaaren. Ich nahm ihr Bein auf meine Arme, streifte es mit meinem Kinn, meiner Wange, meinen Lippen. Ich rieb mich an dem Bogen, der Spiegel zeigte, was ich tat, die Ohrfeigen, die sie mir versetzt hatte, erregten mich.

»Du weichst mir aus«, sagte sie.

Ich sah im Spiegel ihre über ihrem Busch gefalteten Hände, erfreute mich allein daran.

»Ziehst du dich nicht auch aus?«, fragte Isabelle.

Ich küsste ihr Knie, ich sah mich im Spiegel an, ich liebte mich in meinem Blick.

»Du bist nicht bei mir«, sagte Isabelle.

Ich löste mich vom Spiegel: Geschlecht der sanften Tiefen. Aber der Spiegel lockte mich, der Spiegel verlangte nach weiteren einsamen Berührungen. Ich streichelte Isabelles Lippen und Busch mit ihrem Finger. Ich spürte das Gewicht der Lust zwischen meinen Schenkeln.

»Was machst du?«

»Schlaf einen Moment.«

»Ich frage mich, ob du mich liebst«, fragte Isabelle.

Ich wollte ihr nicht mit Ja antworten.

Isabelle setzte sich auf das Kissen, überschlug die Beine. So zusammengezogen schüchterten mich ihre Formen ein.

»Schau mich an. Du stellst dich vielleicht an«, sagte Isabelle.

Man öffnete, man schloss die Tür.

»Das Paar!«

Isabelle unterdrückte ein Gähnen.

»Ja, ein Paar.«

Sie spreizte ihre Schenkel.

»Wenn du nicht willst, sag es.«

Ich versank in ihrem Geschlecht, das ich mir einfacher gewünscht hätte. Am liebsten hätte ich es überall zugenäht.

»Mein kleiner Karpfen, mein geliebter Unterwassermund.«

Ich komme zurück. Ich bin wieder da. Das Paar ist gegangen … Wir sind allein … Das rosafarbene Ungeheuer. Ich liebe es, es verschlingt mich. Ich liebe es mit offenen Augen.

»Du beißt mich, du verletzt mich«, sagte Isabelle.

»Tut mir leid, mein zartes Etwas, tut mir leid, meine kleine glühende Blume.«

»Ja … Wie im Musiksaal, wie im Musiksaal … Langsam … langsam … Das ist es fast. Fast, fast …«

»Du redest zu viel, Isabelle.«

Mein Gesicht tauchte erneut in das heilige Bild ein. Ich leckte, ich trank, ich hielt inne, um mich auszuruhen, aber ausruhen war ein Fehler.

»Hier?«

»Ja, genau da.«

Ich machte weiter – ich hatte eine Sonne zu erleuchten. Ich nahm wahr, was sie sah und hörte, mit den Augen und Ohren unseres Geschlechts, ich wartete auf das Gleiche wie sie.

»Weiter … weiter …«

Eine Katze leckte, eine Katze leckte mit blindem Eifer.

»Noch lange, noch lange«, leierte Isabelle.

Ich mühte mich wie eine hängende Schallplatte. Ihr Vergnügen begann bei mir. Ich tauchte wieder auf.

»Man belauscht uns, Isabelle!«

Sie schloss die Beine, verspannte sich.

»Mach die Tür auf und sieh nach«, sagte Isabelle.

Ich wartete zusammengekauert, vollständig angezogen.

»Mach die Tür auf und komm schnell wieder. Ich warte auf dich«, sagte Isabelle.

»Die Tür ist zu weit weg. Willst du, dass ich von vorn anfange!«

Ich gab mich charmant, mein Finger spielte eine Melodie in ihren Falten, ich streichelte das Geschlecht, das ich im Spiegel anschaute. Ich lauschte. Unter der Tür sah ich Atemdunst und sah ihn auch im Spiegel.

»Komm und leg dich zu mir«, sagte Isabelle.

»Da ist jemand. Ich habe es gesehen.«

»Du quälst mich!«, sagte Isabelle.

Ich deckte sie mit ihrer Jacke zu, ich zog den Tisch weg, trat hinaus. Auf dem Flur herrschte Öde.

»Da ist niemand«, sagte ich.

»Fass mich nicht mehr an«, sagte Isabelle.

Isabelle hatte sich auf den Bauch gelegt.

Ich stand neben dem Bett. Ich konnte mich nicht entschließen, mich auszuziehen.

»Erwürgen sollte ich dich«, sagte Isabelle.

Sie drehte sich auf den Rücken.

»Gehen wir? Soll ich mich wieder anziehen?«

»Lass mir dein Haar. Keinen Zopf.«

»Ich frisiere mich. Du lässt mich im Stich«, sagte Isabelle.

»Oh, was habe ich denn getan! Da war jemand. Das habe ich mir nicht eingebildet«, sagte ich.

»Du hast geträumt.«

Ich ließ mich aufs Bett fallen.

»Lass mich … Nimm deine Hände weg, verzeih mir. Ich werde dich lieben. Du wirst mir beibringen, wie. Ja, ich komme. Du bist schön. Deine Beine sind auch schön. Ich will es. Führe meinen Finger. Ich gebe und empfange, ich gebe und empfange.«

Ich ließ sie erneut im Stich. Ich lief durchs Zimmer, sammelte ihre Kleider ein, die ich auf sie und die Speichelspuren warf.

»Du bist unerträglich. Ich könnte dich verfluchen«, sagte Isabelle, die sich verkrampfte.

»Man sieht uns, man beobachtet uns«, beschwerte ich mich.

»Wo denn?«

Isabelle hatte sich auf den Bauch gerollt, rüttelte an den Bettstäben.

»Da ist ein Auge. Ich sehe es.«

»Sei still, sei still! Fast ... fast ... Es steigt, es steigt an«, sagte Isabelle.

Sie drehte sich auf den Rücken, zog die Beine an den Bauch. Sie verzehrte sich.

»Es ist meine Schuld, wenn du nichts davon hast«, sagte ich.

»Ich werde nichts davon haben und es ist deine Schuld«, sagte Isabelle.

»Auf dem Glas ... Das Auge ...«

Isabelle war aufgestanden, nackt und würdevoll ging sie durch das Zimmer.

»Das ist der Hunger, das ist die Müdigkeit, meine arme Thérèse. Ich sehe nichts. Auf dem Glas sind nur Staub und Spinnweben.«

Isabelle legte sich wieder ins Bett, unter die Steppdecke.

»Willst du dich wirklich nicht ausziehen? Hier drunter ist es warm«, sagte sie.

Sie bewegte ihren Fuß, sie reizte mich unter dem Satin!

»Es ist bequem hier … Was stehst du da noch rum?«

»Ich habe Angst vor dem Auge.«

»Nun komm endlich!«

Vom Bett aus nahm sie meine Hand.

»Gehen wir, Isabelle. Lass uns aus diesem Haus verschwinden. Ich helfe dir beim Anziehen auf dem Flur«, sagte ich liebevoll.

Sie ließ meine Hand los.

»Vorhin hattest du Angst vor dem Flur.«

»Nun ist es das kleine Fenster«, sagte ich.

Sie hob die Schultern:

»Du hast vor allem Angst.«

»Ich habe es gesehen, das Auge.«

Isabelle lachte.

»Lass uns gehen, ja?«, sagte ich.

Sie drehte mir den Rücken zu.

Ich flüchtete auf den Flur und nackt kam sie mir nach. Ihr Venushügel war gewölbt. Auch er kann Persönlichkeit offenbaren.

»Wegen dir ist mir kalt«, sagte Isabelle.

Sie zog mich an den Händen.

»Wir tun es gemeinsam«, sagte sie mit einer Stimme, die verheißungsvoll klingen sollte.

»Das Zimmer macht mir Angst.«

»Gemeinsam … gleichzeitig … Wir schreien, so viel wir wollen. Wir schreien gemeinsam.«

Wir gingen ins Zimmer zurück.

»Ich möchte lieber gehen.«

»Das wird wohl das Beste sein«, sagte Isabelle.

Sie zog sich wieder an. Ich flüchtete erneut auf den Flur, ließ sie allein mit ihren Strumpfbändern, ihrem Bedauern. Aber jedes Atom in diesem Haus war ein Voyeur.

»Dein Taschentuch, dein Hut … Wo bist du, kleiner Angsthase?«

Sie kam suchend in den Flur.

Ihre Hand strich über mein Haar, im Malvenduft ihres Reispuders knickten mir die Beine ein.

Sie bot mir ihre Faust an, damit ich mich beim Aufstehen darauf stützen konnte. Wir küssten uns.

»Schauen wir noch einmal nach«, sagte Isabelle.

Der verlassene Ort hatte seine Jungfräulichkeit wiedererlangt.

Wir wagten uns auf die finstere Treppe, vermieden es, das zarte Flattern unserer Versöhnung zu stören, wir brachten den Frühling zu seinem Ursprung zurück.

»Sie hatten ein Zimmer mit zwei Betten, richtig?«

»Ein Klappbett und ein großes Bett«, sagte Isabelle.

»Haben Sie das Geld?

Isabelle bot ihr Geld an, ich bot meines an.

»Welches soll ich nehmen?«

»Beides.«

»Ja, beides«, sagte Isabelle.

»War das Bett gut?«

Madame Algazine schaute uns an. Sie zählte die Scheine.

»Ja«, sagte ich dumpf, »es war gut.«

Isabelle boxte in ihren Hut.

»Nein. Ihre Betten sind nicht gut«, sagte Isabelle.

Madame Algazine kratzte sich mit unseren gefalteten Geldscheinen am Kinn.

»Wir haben es eilig. Lassen Sie uns bitte hinaus«, sagte Isabelle.

Madame Algazine kitzelte weiter ihr Kinn mit den Scheinen.

»War der Portwein gut?«

»Ausgezeichnet, aber wir müssen gehen«, sagte Isabelle.

»Die Tür ist offen«, sagte Madame Algazine zum Gruß.

•

»Wir haben noch eine halbe Stunde, um ein paar Dinge zu kaufen. Wir dürfen nicht trödeln«, sagte Isabelle.

»Was für Dinge?«

»Du wirst sehen«, sagte Isabelle.

Ihre behandschuhte Hand nahm die meine.

»Gib mir deine Tasche … ich will sie tragen.«

»Gefällt es dir, meine Tasche zu tragen?«, fragte sie.

Es war sechs Uhr, die Häuser standen gelangweilt im abendlichen Zwielicht.

In der Straße des Kohlenlagers stahl ich eine Verlobungsblume von einer Ligusterhecke, schloss Isabelles Finger darum.

»Ich habe die Nächte gezählt, die uns bis zu den großen Ferien bleiben. Das sind eine ganze Menge«, sagte Isabelle.

Sie führte mich in den besten Teesalon der Stadt.

Die Tischchen waren noch nicht abgeräumt, das Geplapper hallte noch nach, der Duft hellen Tabaks vermischte sich mit dem Parfum der Kundinnen, die bereits gegangen waren.

»Warum sind wir hier? Hast du Hunger?«

»Nein«, sagte Isabelle.

»Ich auch nicht.«

»Gib mir trotzdem meine Tasche«, sagte Isabelle.

Ich gab sie ihr und lief aus der Konditorei.

Endlich kaufte ich die zwei Rosen für Isabelle. Als ich die Blumen an der Kasse bezahlte, sah ich sie. Isabelle hielt Ausschau nach mir und biss sich auf die Lippe. Ich liebte kalt, aber ich liebte. Ich verbarg die Blumen unter meiner Jacke.

»Wie gemein!«, rief sie. »Warum bist du weggelaufen?«

Wir gingen die Straße mit dem Lederwarengeschäft hoch.

»Warte! Such eine Tasche aus, die dir gefällt und ich bezahle sie. Wenn wir allein auf dem Schulflur sind, werde ich sie tragen«, sagte ich.

»Man könnte meinen, du schenkst mir ein Andenken, weil du weggehen wirst. Kauf mir nichts«, sagte Isabelle.

Die Verkäuferin legte eine Tambourin-Tasche aus Boxcalf in eine Ecke des Schaufensters.

»Gehen wir zur Schule zurück. Es ist Zeit«, sagte Isabelle.

»Will ich ja, aber du rührst dich nicht.«

»Ich habe Angst vor der Zukunft«, sagte Isabelle.

»Angst … du!«

»Ich bin unglücklich, Thérèse.«

Die Stadt brach entzwei.

»Wenn du unglücklich bist, sterbe ich.«

»Sprich nicht. Nimm meinen Arm, schau auf die Auslage. Wir müssen in die Schule zurück, und es scheint mir, als sollten wir das nicht tun. Ich habe Angst«, sagte Isabelle wieder.

»Verlassen wir die Schule. Wir werden schon nicht verhungern.«

»Man würde uns aufgreifen. Wir würden sofort getrennt. Wärme mich«, sagte Isabelle.

»Sei nicht unglücklich!«

»Pass auf! Im Spiegel. Schau … Wir erregen Aufmerksamkeit«, sagte Isabelle.

Es prasselte drohende Finger. Doch die Pflastersteine bekamen unsere Selbstsicherheit zu spüren. Das Blau zwischen den fernen Zweigen stimmte uns ausgelassen.

»Hauen wir ab?«

»Wohin?«, sagte Isabelle.

»Zu Madame Algazine.«

»Das ist keine gute Idee.«

Die Schule tauchte vor uns auf, wir fühlten uns verbunden mit der großen anonymen Familie, die bis zum Abendessen in den Studiersälen lernte. Ich machte einen Umweg über den Schlafsaal wegen der Rosen, die ich in meinem Wäschebeutel versteckte.

Um sieben Uhr trat Isabelle nach allen anderen in den Speisesaal.

Ich ließ meine Serviette unter den Tisch fallen, bückte mich, um zu flüstern, dass ich ihre Handtasche tragen würde und auch den Zephyr, wenn der Zephyr sie erschöpfte.

Sie kam näher. Ich zählte ihre Schritte im Mittelgang. Fünfzehn Trommelwirbel prasselten auf mein Herz. So oft wurde ich exekutiert. Die Stadt der Liebe kam näher, meine Brust hob sich.

Isabelle schaute auf das leuchtende Blau; Isabelle liebte mich zur Stunde, da auf dem Buntglas die

Sonne unterging. Die Aufseherin am anderen Ende des Speisesaals rief meinen Namen.

»Mach schon«, sagte eine Schülerin zu mir.

Auch Isabelle rief mich, Isabelle ließ mich bleich werden.

»Liebst du mich? Liebst du mich noch?«, flehte ich mit meinen Blicken.

•

Die Aufseherin sagte, ich müsse nicht zum Lernen, sondern solle in den Schlafsaal hochgehen und mich ausruhen, das sei eine Anweisung der Oberaufseherin.

Der Tag erschöpfte sich, meine Zelle verkümmerte, Daunen flogen von den Lippen meiner abwesenden Geliebten. Die Nacht kam in Gang, die Nacht: unsere Schwanendecke. Die Nacht: unser Möwenbaldachin.

Ich richtete meine Taschenlampe auf die Blumen, die ich erstanden hatte, kostete die festliche Atmosphäre. Die Nacht legte sich um die Rosen in den Gärten.

Ich bereitete mich vor wie eine Braut, schmückte meine Leisten, meine Achseln mit Orangenblüten aus Seifenschaum, spazierte durch die Zelle mit meiner Schleppe der Frische, ging den Gang hoch mit dem Zepter unserer Zukunft, trat in Isabelles Zelle. Ihre Gegenstände wirkten nüchtern, ihr Bett war verwaist.

Ich verlor das Zeitgefühl. Ich wartete auf sie, mein Gesicht in den Händen verborgen.

Die Schülerinnen stürmten herein wie Invasoren, die Aufseherin hatte das Licht eingeschaltet. Ich konnte nicht mehr fliehen. Die Schülerinnen rannten durch den Gang, kreischten, lachten.

»Du! In meiner Nische!«

Am gestreckten Arm hielt sie den Vorhang, den sie aufgerissen hatte, präsentierte mir im Rahmen ihre wilden Abendsträhnen, ihr verwirrtes Gesicht, ihre lebhaften Augen.

Die Kordel meines Morgenmantels fiel auf den Bettvorleger. Isabelle bestaunte mein Nachthemd.

»Oh«, sagte sie, »wie weiß es ist …«

Sie stieß mich auf ihr Bett, drang ein, doch sie zog sich gleich wieder zurück. Ein kleines Mädchen hatte den Vorhang gehoben, ein kleines Mädchen schaute uns an. Es rannte davon, brüllte:

»Blut, ich habe Blut gesehen!«

»Geh zurück in deine Zelle!«, befahl Isabelle.

Isabelle schaute auf ihre drei blutigen Finger.

Ich machte mich davon.

»Was ist hier los?«, fragte die Aufseherin, die aus ihrem Zimmer trat und ein paar Schritte den Gang hochkam.

Ich schlüpfte in mein Bett, betrachtete den roten Fleck auf meinem Nachthemd.

»Nur ein Schnitt. Es hat schon aufgehört«, sagte Isabelle.

»Ist es schlimm?«, fragte die Aufseherin.

Bedrohliche Stille.

»Ich blute schnell«, sagte Isabelle.

Ich stieg aus dem Bett, beseitigte die Spuren der Zerstörung, die meine Kriegerin hinterlassen hatte.

»Isabelle …«

Die neue Aufseherin ließ den Namen, den sie mir nahm, schal klingen.

»Ja«, antwortete Isabelle ganz natürlich und putzte weiter ihre Zähne.

»Haben Sie sich wirklich nur geschnitten?«, fragte die Aufseherin.

»Es ist überhaupt nicht schlimm«, sagte Isabelle, den Mund voller Schaum.

Die Schülerinnen unterhielten sich im kräftigen Duft von Eau de Cologne, Isabelle legte sich hin, das Bett durfte ächzen.

Die Aufseherin begann ihre Runde.

»Gute Nacht, Mademoiselle«, murmelte eine Schülerin.

Das Licht im Gang war gelöscht worden.

Eine kühne Liebende streifte meinen Vorhang, hinterließ in den Falten etwas von ihrem Geheimnis. Das Geflüster versandete. Der Saal ergab sich dem Schlaf.

Auch ich wurde vom Schlaf überwältigt. Ich

träumte: Isabelle hielt mein Handgelenk, führte meine Hand und die Blumen über meine Scham. Ich erwachte aufgewühlt, ausgehungert.

Ich wartete mit den Rosen am Fenster, dachte an Isabelles Erscheinen. Der Vorhang wurde in dem Augenblick gehoben, als ich ihn anschaute, ohne ihn zu sehen. Isabelle kam herein, Jahrhunderte der Liebe atmeten auf. Isabelle im Nachthemd, dessen Stehkragen über die Aufschläge ihres Morgenmantels ragte, Isabelle mit dem sorgenvollen Gesicht einer Königin.

»Guten Abend.«

»Guten Abend.«

Ich legte die Rosen aufs Bett, ließ mich hinabgleiten, küsste ihre Füße. Isabelle ließ es zu, dass ich sie anbetete. Die Blumen fielen herunter, das Rascheln ihrer Blätter, fürchteten wir, könnte die Aufseherin wecken, aber die Nacht überraschte mich mit Isabelles Gesicht an meinem.

»Du hast dein Jugendkleid angelegt«, sagte sie.

Sie betastete die kühlen Falten. Ihre Wange glitt von der Leiste zum Knie hinab.

Die Seerose wird sich in meinem Bauch öffnen, der Schleier der weißen Dame über meine Heide streifen.

»Gehen wir«, sagte sie mutig.

Wir überquerten den Gang, wir schlichen in Isabelles Nische.

Das Deckchen auf ihrem Nachttisch stach leuchtend weiß durch die Dunkelheit, das Kopfkissen war unschuldig. Sie brach die Blumenstängel ab. Wie sind meine Rosen hierhergekommen? Wann hatte sie das Zahnputzglas vom Waschtisch genommen? Wann das Wasser hineingefüllt? Wann hatte sie sich über die Schüssel gebeugt? Ich betrachtete Isabelle durch die Finsternis aller Länder.

»Wo bist du?«, fragte sie.

Ich schüttelte die Nacht von meinen Schultern wie den Schnee von einer Kapuze: die Rosen, die sich über den Rand des Zahnputzglases neigten, waren Rosen einer Internatsschülerin.

»Riech an ihnen«, sagte Isabelle.

Ich war entsetzt.

»Riech an ihnen!«

Sie drückte mir das Glas mit den Rosen in die Hände, warf ihr Haar zurück, zeigte mir ihren Stehkragen, ihren Hals. Meine Taschenlampe und das Zahnputzglas schlugen gegeneinander.

Ich führte bronzene Girlanden, zog schmiedeeiserne Rosen um ihren Hals.

»Ein Fest, ein Fest«, sagte ich ernst.

Isabelle schützte ihren Hals, den ich überall gerötet hatte. Sie wich zurück, schaute mich genau an. Die Unruhe wuchs, in mir blieb der Himmel in einer einzigen Wolke zurück – die Schnur der Lust kam zwischen meinen Beinen hervor. Wir trafen uns im Weiß unserer Augen. Entweder sterben oder entscheiden. Ich wagte mich vor:

»Öffne deinen Kragen.«

Ich schloss die Augen, lauschte, ob sie ihr Nachthemd aufknöpfte.

»Ich warte auf dich«, sagte Isabelle.

Das Rosenauge schaute mich an, die Rose im Zahnputzglas beugte sich zu uns hin. Meine Arme fielen hinab. Ich wollte ihre Märtyrerin werden. Sie sandten warme Strahlen aus und ich spürte ihre Seide bereits schwer in meinen leeren Händen liegen. Ich fasste hin, und wie Früchte reiften sie, ohne zu verderben. Sie schwollen an: Ich vertraute ihnen die Sonne an. Isabelle, die mit dem Rücken an der Wand lehnte, betrachtete sie genauso wie ich.

»Schließ deinen Kragen«, sagte ich.

Wie an den anderen Abenden verjüngte das Flüstern einer Schülerin die Nacht.

Isabelle lächelte auf ihre Brust hinab. Ich weiß, wo ich sie lieben würde, wenn sie noch mein wäre: Ich würde sie in einem Stall lieben, unter den Bäuchen der Schafe.

Isabelle öffnete mein Nachthemd, Isabelle zögerte, Isabelle war gierig. Ich half ihr nicht, ich genoss die Lüsternheit einer enthemmten Königin. Ein Seufzer fiel vom Baum der Stille, zwei Kehlen stürzten aufeinander zu, vier Feuer strahlten zärtliche Wärme aus. Brüste stillten meine Brüste, durch meine Adern floss Absinth.

»Mach es besser«, bat Isabelle.

Ihre Brust blieb in meinem Mund, als wir langsam auf den Fußboden sanken.

Ich behielt sie in meinen Händen, hielt ihre schwere Wärme, Blässe, Zartheit fest. Mein Bauch hungerte nach Licht.

»Streichel sie«, sagte Isabelle.

»Nein!«

Ich öffnete den Mund, sie schob sich hinein. Ich biss in die zarten Äderchen, erinnerte mich an ihr Blau: Es nahm mir die Luft. Meine Hand zog sich zurück, meine Hand verließ sie unter Klängen. Die Dunkelheit über uns … eine Ansammlung von Voyeuren.

»Du schaust weg. Wovor hast du nur Angst?«, fragte Isabelle.

Ihr Hals machte mich wahnsinnig. Magnete unter Isabelles Kinn zogen mich an. Meine Taschenlampe fiel auf den Teppich.

»Wegen dir erwischt man uns noch!«, sagte Isabelle.

»Dein Hals …«

Sie akzeptierte die Huldigung, ohne Gefallen daran zu finden.

Ich suchte verstohlen die Rinne zwischen ihren Brüsten, doch als sie meinen scheinheiligen Blick sah, schloss sie ihren Morgenmantel. Das Tor zwischen unseren Augen öffnete sich: Wir fanden die Freiheit zu lieben und zu schauen wieder. Mein Blick kehrte zu mir zurück wie eine Welle, die sich wehgetan hatte. Ich bändigte die Spiegel in ihren Augen, sie bändigte die Spiegel in meinen Augen.

Isabelle setzte sich auf meinen Schoß:

»Sag, dass wir Zeit haben. Sag es.«

Ich antwortete nicht.

Die Nacht kühlte unsere sich berührenden Lippen aus.

»Ich zähle die Stunden, die uns bleiben«, sagte Isabelle.

Die Zeit kam und zog vorbei mit ihren Schleiern aus Krepp. Ich schützte Isabelle mit ihren langen Haaren, die ich um ihren Hals legte.

»Bleib, bleib noch«, sagte Isabelle.

Wir umarmten uns, doch konnten der großen Stundenflut nicht entkommen, die Nacht im Ehrenhof, die Nacht in der Stadt schwappte über uns zusammen.

»Mir ist kalt«, sagte Isabelle.

Wir hörten den Wind im Grabtuch des Baums.

»Die vergehende Zeit macht mir Angst«, sagte Isabelle.

Ich zwang mich zu lachen. Ich schaltete das Licht ein.

sich in einem angenehmen Traum. Ich bog sie nach hinten, ohne mich zu lösen, ich hielt ihren Kopf wie gewohnt, als wäre er abgetrennt. Ich drang hinein. Ich stieß auf einen Hauch von Zahnpasta, eine Erinnerung von Frische. Unsere Glieder reiften, unsere Kadaver zerfielen. Herrliche Verwesung. Ich öffnete leicht die Augen: Isabelle beobachtete mich. Ich hatte in ihrem Mund den Krieg erklärt und war besiegt worden. Eine orientalische Melodie schlängelte sich durch meine Knochen, kreiste in meinen Ellenbogen, in meinen Knien. Mein Blut erwies mir Gnade, mein Tod ließ sich bestechen. Ich reinigte ihr Zahnfleisch, ich wollte Isabelle noch einmal mit meinem Kuss vernichten. Ich dankte ihr mit zwei weiteren beflissenen Küssen auf ihre Hände. Kleine Köpfe drehten sich: Die Spatzen der Nacht beobachteten uns.

Wir legten uns ins Bett, lauschten den kühlen Laken. Die Nacht beugte sich zu uns herunter, wachte über uns, die Nacht bot uns einen keuschen Abschluss an.

Isabelle nahm meine Hand, presste sie auf ihren goldbraunen Busch.

»Beweg dich nicht«, sagte Isabelle.

Meine Hand wollte die feuchte Wärme eines Stalls schenken. Isabelle legte ihren Arm über Kreuz auf meinen, legte ihre integre Hand, einen Traum auf mein Schamhaar.

»Sei still, sei still!«

Isabelle schaute auf ihre Uhr.

»Es ist elf Uhr, Thérèse. Mach aus!«

Sie stand auf. Ich war verblüfft, wie leicht mein Schoß auf einmal war. Ich warf mich ihr zu Füßen, umschlang meine Garbe.

»Du musst in meinen Mund kommen«, sagte Isabelle.

Ich hörte das schwere Rascheln von Trauer. Es war ihr Haar, das sie zurückwarf.

Isabelle schüttelte die Batterie im Uhrgehäuse.

»Ich muss die Uhr vorstellen«, sagte ich, »unbedingt.«

Sie gab mir ihre Armbanduhr:

»Was gewinnen wir damit?«

»Einen Vorsprung«, sagte ich.

Ich machte ein Reh aus gesponnenem Glas geschmeidig, ich berührte es, ohne es zu erreichen, aber legte ihm mit meiner Juwelierszunge Schmuckstücke in den Mund.

Sie wischte sich mit der Hand über die Lippen, spielte die Unbeteiligte.

»Hör auf!«

Sie entzog sich meinen Armen. Ich war allein mit der verheerenden Sehnsucht in meinem Bauch. Isabelle hängte sich an meinen Hals.

Ich machte weiter, wo ich sie zurückgelassen hatt Unsere Lippen legten sich aufeinander und öffnet

Isabelle sagte es zu den zwei Händen, beide an ihrem Platz.

Ich habe Splitter in den Waden, bin ein Spalier unter dem Gewicht des Sommers. Die Meute ... Erbarmen ... ich kann sie nicht mehr in Schach halten.

Ich lauerte, ich wünschte mir eine Bewegung der behutsamen Hand. Mein Herz schlug unter meinen Lidern, in meinem Kehlkopf.

»Ich kann nicht mehr!«

Ich zertrümmerte alles: unsere Hände, unsere Arme, unseren Busch, die Stille, die Nacht.

Wir trennten uns, wir warteten aufeinander, zwischen uns klaffte das Entsetzen. Wenn der Faden des Wartens reißt, fallen wir in einen tiefen Abgrund. Ich legte mich auf den Bauch, zog mich in mich selbst zurück mit meinem Fieber.

Isabelle zog mich in die Mitte des Betts, sie setzte sich rittlings auf mich, hob mich hoch, ließ Luft an meine Achseln.

Du bestiegst mich: Das war nicht neu. Eine Fülle von Erinnerungen. Als ich dich traf, füllte sich meine Leere mit Sinn.

Isabelle sägte an meinen Schultern, stemmte sich gegen mich, kletterte an mir empor, öffnete sich, sank nieder, atmete, schaukelte und schaukelte mich mit. Die Nachtlichter leuchteten auf, der Krake saugte sich wieder fest.

»Verlass mich nicht mehr«, sagte ich.

Nacht, Bauch der Stille.

Langsam, ganz langsam richtete Isabelle sich auf, ihre Schamlippen schlossen sich an meiner Hüfte. Isabelle kippte zur Seite.

Ich suchte ihre Hand, legte sie auf meinen Rücken, ließ sie über das Kreuz hinauswandern, bis zum Anus.

»Ja«, sagte Isabelle.

Ich wartete, ich sammelte mich.

»Das ist neu«, sagte Isabelle.

Der Schüchterne drang ein, Isabelle sprach:

»Meinem Finger ist warm, mein Finger ist glücklich.«

Der ängstliche Finger traute sich nicht.

Wir spürten ihm nach, wir empfanden Lust. In der engen Hülle konnte der Finger nur aufdringlich sein. Ich zog mich zusammen, um ihn zu ermutigen, ich spannte mich an, um ihn einzusperren.

»Tiefer, ich will tiefer rein«, seufzte Isabelle, den Mund auf meinen Nacken gedrückt.

Sie erzwang das Unmögliche. Noch war der Fingerknöchel im äußeren Gefängnis. Wir waren dem zu schwachen Finger ausgeliefert.

Das Gewicht auf meinem Rücken bedeutete, dass der Finger nicht aufgab. Der wütende Finger klopfte und klopfte: ein wildgewordener Aal, der sich an meinen inneren Wänden zu Tode stieß.

Meine Augen hörten, meine Ohren sahen. Isabelle infizierte mich mit ihrer Brutalität. Soll der Finger die Stadt durchstoßen, soll der Finger den Schlachthof durchbohren. Es brannte, doch noch mehr schmerzten unsere Grenzen. Der hartnäckige Finger weckte meinen Leib, die Schläge befeuerten mich. Der Rausch reichte tief ins weiche Fleisch, prickelnde Schärfe, ich weitete mich bis zu den Hüften.

»Das Bett bewegt sich zu stark«, sagte Isabelle.

Der weit gewordene Leib dankte, die unnachgiebige Lust breitete sich aus bis in die Blütenblätter. Schweißtropfen fielen von Isabelles Stirn auf meinen Rücken.

»Beweg dich nicht. Damit ich in dir bleibe«, sagte Isabelle.

Wir hielten Winterschlaf. Ich spannte mich als Erste wieder an.

»Oh ja!«, sagte Isabelle.

Ich saugte ihn an, ich stieß ihn weg, ich verwandelte ihn in ein Hundeglied, rot und nackt. Es stieß bis in den Hals. Ich lauschte Isabelle, die sich leicht machte, die dem Aufstieg folgte, den Reflex nutzte. Der Finger trat aus einer Wolke, tauchte in eine andere ein. Meine Glut übertrug sich auf Isabelle, eine irre Sonne kreiste in meinem Leib. Isabelles Körper bestieg allein einen Kalvarienberg in meinen Rücken. Ein Rauschen in meinem Körper. Meine Beine ermatteten in ihrem Paradies. Meine gesättigten Waden reiften. Ich weichte auf bis hin zur unsäglichen Fäulnis, zerfiel immer weiter, von Seligkeit zu Seligkeit zu Staub. Isabelles Finger zog sich methodisch zurück und hinterließ auf meinen Knien Pfützen der Lust. Er glitt aus mir heraus: ein langsames Schiff der Harmonien. Wir lauschten dem Verklingen des Akkords.

»Du hast nichts davon gehabt.«

»Ich, nichts davon gehabt?!«, sagte Isabelle.

Sie lachte an meinem Hals. Ihr Gesicht glühte fiebrig.

»Nichts gehabt!!«

Sie drückte meine Hand zwischen ihre Lippen, dann wich mein Mund dem ihren aus. Wir vermischten die Augenblicke nicht.

»Erdrücke mich«, sagte Isabelle.

Sie ruhte sich aus, während ich sie erdrückte und mich anstrengte, sie in einen Schönheitsfleck auf meiner linken Brust zu verwandeln. Ich umarmte sie, zitterte wie Grasspitzen im Winter.

»Ja, du liebst mich«, sagte Isabelle.

Ich richtete mich auf, an den Schultern Kältediamanten.

Ich erinnerte mich, saß wieder unter dem Apfelbaum: Wenn der Winterwind dem April zusetzte, wenn der Sommerwind den November betäubte, führte mich meine Mutter auf eine Wiese, für eine

Feier nur für uns. Zweimal im Jahr setzten wir uns unter den gleichen Apfelbaum, packten unser Picknick aus, während der Wind in unsere Münder blies, durch unsere Haare pfiff. Wir strichen Stopfleber auf dicke Brotscheiben, wir tranken Champagner aus dem gleichen Bierglas, wir rauchten eine Camel, wir betrachteten das jugendliche Zittern des grünen Weizens, das altersschwache der Strohdächer. Der Wind, Karussell der Möwen, drehte sich über unserer Liebe und unserem Picknick.

Ich hüllte Isabelles Namen in Samt, bevor ich ihn aussprach, ich lauschte in Gedanken dem Klang des Satzes, den ich sagen würde.

»Willst du dich nicht zu mir drehen?«, fragte ich.

Isabelle drehte sich um. Ich warf mich ins Tal der Rosen.

Die kleinen Lichter in meiner Haut begehrten die kleinen Lichter in Isabelles Haut, die Luft wurde dünn. Wir vermochten nichts gegen die Meteore, die uns in ihre Bahn zogen, die uns gegeneinander warfen. Wir waren übermächtigen Kräften unterworfen. Besinnungslos stellten wir uns geschlossen der Nacht des Schlafsaals entgegen. Der Tod brachte uns zurück ins Leben, wir liefen in mehrere Häfen ein. Ich sah nicht, ich hörte nicht, und doch hatte ich die Sinne einer Seherin. Wir umschlangen uns: Ein Wunder erlosch, anstatt zu leuchten.

»Zusammen, zusammen …«

Sie streichelte sich den Oberkörper mit meiner Hand.

»Lehne dich an! Zusammen, zusammen … Nein, nein … Nicht sofort.«

Sie fiel zurück.

»Deine Hand, deine Hand«, stöhnte Isabelle.

Wir handelten aus dem Gedächtnis, als hätten wir uns bereits in einer Welt vor unserer Geburt gestreichelt, als würden wir lediglich ein Glied in eine Kette fügen. Isabelles Hand, die ich an der Hüfte spürte, war meine, meine Hand auf Isabelles Seite, das war ihre. Sie reflektierte mich, ich reflektierte sie: Zwei Spiegel liebten sich. Unser Spaziergang blieb harmonisch, als sie ihr Haar zurückwarf, als ich das Laken abstreifte. Ich hörte in ihren Fingern, was meine Finger für sie sangen. Wir erfuhren, wir merkten uns, dass die Hinterbacken empfindsam sind. Unsere Hände waren so leicht, dass ich der Krümmung von Isabelles Flaum auf meinem Arm folgte, der Krümmung meines Flaums auf ihrem Arm. Mit vorsichtigen Nägeln fuhren wir die Rille zwischen unseren geschlossenen Schenkeln hoch und runter, wir lösten und löschten Schauer aus. Unsere Haut zog unsere Hand und ihre Doppelgängerin mit. Wir führten Samtregen, Musselinwellen von der Leiste bis zum Fußspann, kehrten zurück, zogen ein zärtliches

Brausen von der Schulter bis zur Ferse. Wir hielten inne.

»Ich warte auf dich«, sagte Isabelle.

Ihr Leib bot mir überall Perlen.

»Ich werde es nicht finden«, sagte ich.

Ihr Arm unter meinem hob meinen mit an. Isabelle erforschte sich. Sie legte meine Hand wieder ab, begann die Bewegung mit ihrer Hand auf meiner, ließ mich dann allein fortfahren.

»Konzentrier dich«, sagte Isabelle.

Die Luft war drückend, die Luft war grausam.

Ich wiegte die Perle, ich reizte sie, ich holte sie aus den Tiefen ihres Verfalls, ich schenkte ihr Vertrauen. Ich könnte mich nicht so an sie erinnern, hätte ich ihr nicht meine Seele und mein Leben verschrieben. Die Perle glättete den Finger und der Finger wurde Fleisch unseres Fleisches: Die Bewegung spielte sich auch in unseren Köpfen ab. Das Fleisch polierte meinen Finger und mein Finger polierte Isabelles Fleisch. Die Bewegung geschah ohne uns, unsere Finger träumten. Ich löste die Toten aus ihrer Starre, ich wurde bis auf die Knochen mit heidnischen Ölen gesalbt.

Isabelle richtete sich auf, sie biss in eine meiner Haarsträhnen.

»Gleichzeitig«, sagte sie.

Einsickernde Mattheit, Risse der Wonne, heimtückische Sümpfe … Die zarten Fliederblätter entrollten sich, der Frühling legte sich zum Sterben nieder, der Staub der Toten tanzte in meinem Licht.

Endlich war ich ich selbst, indem ich aufhörte es zu sein, endlich.

Der Besuch in meinem Paradies stand kurz bevor.

»Sag mir Bescheid.«

»Ich sag dir Bescheid.«

Ich löste mich von meinem Skelett, ich schwebte über meinem Staub. Erst war die Lust starr, schwer zu ertragen. Der Besuch begann in einem Fuß, setzte sich fort im wieder unschuldig gewordenen Leib. Wir vergaßen unseren Finger in der alten Welt, das Licht riss uns auf, Glückseligkeit brach aus uns hervor. Unsere Beine vor Wonne zermalmt, unser Inneres erleuchtet.

»Gleich, gleich …«

»Weiter, weiter …«

Der Schleier streifte meine Fußsohle, der Finger kreiste in weißer Sonne, eine samtene Flamme flackerte in meinen Beinen. Von weit hergekommen, zog der Schleier noch weiter. Auf dem Wasser gehen … Auf dem Fluss meiner Schenkel spüre ich, was das heißt. Ich war vom Schal des Irrsinns gestreift worden, der vor nichts Halt macht, ich war von einem Lustkrampf ebenso zermalmt wie liebkost worden.

»Zusammen.«

»Das war zusammen …«

Erholung, göttlicher Zapfenstreich. Ein einziger Tod für Seele und Körper. Ja, aber der Tod mit einer Zither, mit einer Praline im Schädel. Unsere Stille: die hellblaue Stille der Himmelskarten. Unsere Sterne unter unseren Lidern: kleine Kreuze.

»Schweige nicht«, sagte Isabelle.

»Ich schweige nicht. Ich trage dich.«

Ich trug das Kind, das ihr so ähnlich war, das sie mir schenkte, das Kind ihrer Präsenz.

Sie streichelte meinen Hals mit ihren Haaren, mit ihrer kleinen kalten Nase.

»Sag etwas …«

»Ich kann nicht. Ich habe dich hier …«

Ich führte ihre Hand:

»Ich habe dich hier und hier …«

Ich wanderte mit ihrer Hand über meine Seite.

»Winkele deinen Arm an«, sagte sie, »winkele ihn an, als würden wir spazieren gehen.«

Sie reichte mir den Arm und wir gingen zwischen dem Kleinen und dem Großen Wagen auf der Himmelskarte umher.

Mein Blut floss ihr jubelnd zu. Ich schaltete das Licht ein.

Ihr Busch glitzerte nicht, ihr Busch war gedankenvoll gestimmt. Ich salbte Isabelle mit meinen Lippen, mit meinen Händen. Um sie herum atmeten die bleichen Schläferinnen, über ihr kreiste die Finsternis, hungrig nach Blässe. Ich öffnete ihre Lippen und stürzte mich blind in den Tod. Mein Gesicht berührte sie, mein Gesicht nässte sie. Ich begann, die Stelle aufrichtig zu mögen.

»Mach es besser.«

Ich konnte es nicht besser.

Isabelle drückte mein Gesicht hinein.

»Du wirst sprechen, du wirst berichten«, sagte sie.

In meinem Innern prallten Wolken aufeinander. Mein Gehirn raste vor Begierde.

»Du bist schön!«

Ich stellte es mir vor. Ich log nicht.

Zwei Blütenblätter wollten mich verschlingen. Es schien, dass das Auge der Lampe besser sah, weil es als Erstes sah.

»Sag etwas«, bat Isabelle, »ich bin allein.«

»Du bist schön … Es ist merkwürdig … Ich wage nicht mehr hinzuschauen.«

Die Sprache, ganz Gähnen, das Ungeheuer, das sowohl fragte als auch antwortete, erschreckte mich.

»Wärme mich«, sagte ich.

Das Rascheln der Finsternis von drei Uhr morgens ließ mich zu Eis gefrieren.

»Schlaf ein wenig«, sagte sie, »ich passe auf.«

»Habe ich dich enttäuscht?«

»Dem muss man ins Auge schauen wie allem anderen auch«, sagte Isabelle.

Die Nacht würde weichen, die Nacht würde bald nichts als Tränen hinterlassen.

Ich nahm die Lampe, ich hatte keine Angst vor meinen offenen Augen:

»Ich sehe die Welt. Sie kommt aus dir.«

»Sei still!«

Die Dämmerung und ihre Leichentücher. Isabelle kämmte sich in ihrem eigenen Bereich, in dem ihr Haar immer offen war.

»Ich will nicht, dass der Tag kommt«, sagte Isabelle.

Er kommt, er wird kommen. Der Tag wird die Nacht auf einem Aquädukt zerschmettern.

»Ich habe Angst, von dir getrennt zu werden«, sagte Isabelle.

Eine Träne fiel in meinen Garten, es war halb vier morgens.

Ich verbot mir den geringsten Gedanken, so würde sie auch in meinem leeren Kopf einschlafen können. Der Tag würde die Nacht fortnehmen, der Tag würde unsere Vermählungen auslöschen, Isabelle schlief ein.

»Schlaf«, sagte ich neben dem Weißdorn, der die ganze Nacht auf die Dämmerung gewartet hatte.

Wie eine Verräterin stahl ich mich aus dem Bett, schlich zum Fenster. Hoch oben im Himmel hatte ein Kampf stattgefunden, der nun abebbte. Der Nebel hatte den Rückzug angetreten, an manchen Stellen hielt die graue Nacht noch stand. Auf der Welt brach der Tag an und niemand war da, um ihn zu begrüßen.

»Gehst du?«, fragte Isabelle.

»Schlaf.«

»Komm zurück. Mein Arm ist kalt.«

»Hör doch! Eine Schülerin lernt bereits.«

»Was ich auch tat, bevor ich dich kannte«, sagte Isabelle.

Schon wimmelte es in einem Baum von Vögeln, schon waren die ersten hellen Flecken aufgepickt …

»Ich werde tun, was du möchtest«, sagte ich.

Ich leckte.

Isabelle, die auf dem Kissen kniete, zitterte wie ich. Dass mein glühendes Gesicht, mein Mund von ihrem Gesicht, ihrem Mund getrennt sein musste! Mein Schweiß, mein Speichel, die Enge, meine Lage als Galeerensklavin, seit ich sie liebte ohne Atempause zur Lust verdammt – das alles betörte mich. Ich trank Salzlake, ernährte mich von Haaren.

Ich sehe den neuen Tag, der zur Hälfte Trauer trägt. Ich sehe die Lumpen der Nacht, lächle ihnen zu. Ich lächle Isabelle an und spiele, Stirn an Stirn, den Widder für sie, um zu vergessen, was vergeht. Der überschwängliche Gesang des Vogels, der die Schönheit des Morgens vorwegnimmt, erschöpft uns. Die Vollkommenheit ist nicht von dieser Welt, selbst, wenn wir ihr begegnen.

»Die Aufseherin ist aufgestanden!«, sagte Isabelle.

Das Geräusch des Wassers in der Schüssel ließ uns altern. Sie hatte Kraft gesammelt, während wir unsere verloren hatten. Die Aufseherin wusch den Schlaf von ihrer Haut.

»Du musst gehen«, sagte Isabelle.

Sie als Ausgestoßene zu verlassen, sie als Fliehende zu verlassen, stimmte mich ebenso traurig wie sie. Ich trug Blei an den Füßen und prägte mir den Duft unseres Schweißes ein.

Ich setzte mich auf ihr Bett. Isabelle war das Bedauern ins Gesicht geschrieben.

»Ich will nicht, dass du gehst. Doch, geh! Es ist zu gefährlich.«

Ich liebte Isabelle ohne Gesten, ohne Regung: Ohne ein Zeichen schenkte ich ihr mein Leben.

Isabelle setzte sich auf, nahm mich in die Arme:

»Wirst du jeden Abend kommen?«

»Jeden Abend.«

»Wir werden uns nie verlassen?«

»Wir werden uns nie verlassen.«

Meine Mutter holte mich ab.

Ich sah Isabelle nie wieder.

Die Geschichte einer Zensur

Dies ist *Thérèse et Isabelle*, wie Violette Leduc den Text ursprünglich geschrieben hat, mit allen bitteren und kostbaren unveröffentlichten Seiten, in nackter und grausamer Sprache, die von einer Freiheit im Ton zeugt, den keine Schriftstellerin in Frankreich vor ihr anzuschlagen wagte.

Thérèse et Isabelle war der erste Teil des Romans *Ravages*, der 1954 bei Gallimard veröffentlicht wurde. Er war als »skandalös« bewertet und vom Verleger zensiert worden. Im Frühling 1948 setzte sich Violette Leduc, ermutigt von Simone de Beauvoir, an die Überarbeitung. Zwei Jahre zuvor war ihr Debüt *Asphyxie* erschienen, ein Buch über ihre Kindheit in einem kleinen Dorf in Nordfrankreich, mit einer Mutter, deren Blick »blau und hart« war, und einer sanften Großmutter. Sie stand kurz davor, *L'Affamée* zu veröffentlichen, ein Prosagedicht über die unerfüllte Leidenschaft für Simone de Beauvoir. Zwei

Meisterwerke, die nie ein breites Lesepublikum erreicht haben, doch von der literarischen Elite der Epoche begeistert aufgenommen wurden. Violette Leduc war also das, was man als einen »Schriftsteller für Schriftsteller« bezeichnet.

Ravages sollte ihr erster echter Roman sein, eine Arbeit, die, wie ihre Briefe belegen, einen langen Atem erforderte und sich als äußerst schwierig herausstellte. Da sie unter Einsamkeit litt und für unerreichbare Menschen schwärmte, ließ Violette Leduc auf dem Papier ihre alten Leidenschaften noch einmal aufleben. »Ich habe gesehen, welch ein Graben zwischen dem Leben, das ich führe und der Erotik des Buches liegt, das ich schreibe«, vertraut sie Simone de Beauvoir an.

In der Originalfassung erzählt *Ravages* die drei Liebesgeschichten von Thérèse, ihrer Heldin. Sie sind mindestens inspiriert von den drei Beziehungen, die Violette Leduc in ihrer Jugend geprägt haben: die körperliche Verbindung mit einer Mitschülerin, ihr Zusammenleben mit einer Lehrerin, ihre Begegnung mit einem Mann, den sie viel später heiraten sollte. Die kurze Ehe endete mit einem Suizidversuch der Autorin und einer Abtreibung, bei der sie fast ihr Leben ließ.

Violette Leduc widmet der Niederschrift von »Thérèse und Isabelle«, dem ersten Teil des Romans, drei

Jahre. Eine große Herausforderung: »Ich versuche das Empfinden bei der körperlichen Liebe so präzise, so minutiös wie möglich wiederzugeben. Darin liegt sicher etwas, das jede Frau verstehen kann. Ich strebe keinen Skandal an, sondern will nur genau beschreiben, was eine Frau dabei empfindet. Ich hoffe, das wird nicht skandalöser sein als die Gedanken von Mrs. Bloom am Ende von Joyces Ulysses. Jede psychologische Analyse verdient es, so meine ich, gehört zu werden.«

Doch Violette Leduc zweifelt: »Ich verliere, was meine aktuelle Arbeit betrifft, allmählich den Mut«, gesteht sie Simone de Beauvoir. »Ich dachte, es sei ein unnützes Buch über Ausschweifungen von Internatsschülerinnen […] Ich sagte mir, das sei sexueller Narzissmus, stilistische Haarspalterei.« Simone de Beauvoir ist überzeugt, dass Leduc es schaffen werde »die weibliche Sexualität [zu beschreiben] wie keine Frau vor ihr, voller Wahrheit, Poesie und mehr.« Dennoch ist sie angesichts des gewagten Tons perplex: »Einige Seiten sind exzellent, stellenweise kann sie schreiben, doch man kann das unmöglich veröffentlichen. Es ist eine Geschichte über lesbische Sexualität, die so direkt daherkommt wie Genet«, schildert sie Nelson Algren.

Wie es die Manuskripthefte mit den verschiedenen Versionen, den durchgestrichenen und aneinanderklebenden Seiten zeigen, strebt Violette Leduc bei der Beschreibung der erotischen Szenen nach der Genauigkeit eines Miniaturmalers. In ihrer Rolle als erste Leserin rät ihr Simone de Beauvoir bei manchen Passagen, ungeachtet ihrer literarischen Qualität, davon ab, sie zu behalten, denn sie weiß, im Hinblick auf den Verleger, »bis wohin man zu weit gehen kann«. Sie irrt sich nicht.

1954 legt Simone de Beauvoir das Manuskript von *Ravages* – das bereits einer minutiösen »Bereinigung« unterzogen wurde – endlich dem Lektoratskomitee von Gallimard in Gestalt von Raymond Queneau und Jacques Lemarchand vor, doch diese sind irritiert. Obgleich Queneau die Qualität des Romans schätzt, hält er eine Veröffentlichung des ersten Teils für »unmöglich«, während Lemarchand schreibt: »Ein gutes Drittel dieses Buches ist von gewaltiger und detaillierter Obszönität – was uns Ärger mit der Justiz einbringen wird. […] Das Buch ist stellenweise aber auch gelungen. Die Geschichte der Internatsschülerinnen allein könnte eine recht betörende Erzählung abgeben – wenn die Autorin zustimmte, ihre Vorgehensweise ein wenig mehr ins Dunkel zu hüllen. […] Eine Veröffentlichung in diesem Zustand würde einen Skandal auslösen.«

Bei seinem Treffen mit Violette Leduc macht Jacques Lemarchand keine Zugeständnisse. Obwohl sich Beauvoir für den Text starkmacht, erklärt er, dass man für die »Internatsgeschichte« die Erotik entfernen und die Gefühle erhalten müsse. Er fordert außerdem, dass mehrere Passagen im zweiten Teil des Romans herausgenommen werden, insbesondere die im Taxi, in der davon die Rede ist, die Haut eines männlichen Penis, »zerknittert und zerbrechlich wie ein Augenlid« zu berühren. Die Beschreibung der (damals verbotenen) Abtreibung, die am Ende des Manuskripts steht, soll auch stark zensiert werden. Lemarchand empfindet sie als »zu lang, zu technisch«. Der Rechtsberater von Gallimard sieht in ihr eine »Verherrlichung der Abtreibung«.

»Harter Tag mit Violette Leduc«, schreibt Beauvoir im Mai 1954 an Sartre. »Sie kam aus dem Bett, in das sie sich nach dem Treffen mit Lemarchand mit 39 Grad Fieber zurückgezogen hatte. Der Arzt hat ihr gesagt, dass dies der Grund sei. Ich nahm sie mit zum Mittagessen im Bois de Boulogne, zum Spaziergang in Bagatelle und habe sie getröstet, so gut ich konnte. Die Taxiszene schockiert die Leute regelrecht: Queneau, Lemarchand, Y. Lévy, ich habe den Eindruck, dass sie es persönlich, als Männer verletzt.«

Die Unterredung war für Violette Leduc verheerend, sowohl für die Schriftstellerin als auch für die Frau, da sie gezwungen war, »Thérèse und Isabelle«, den schönsten, den ehrlichsten und den gewagtesten

Teil des Romans, aufzugeben. Dies war ihr liebstes Werk. Man hatte ihr »die Zunge abgeschnitten«. Sie empfand diese Zensur wie eine Wunde, eine Amputation.

Fast zwanzig Jahre später verteidigt Violette Leduc sich auf herzzerreißende Weise in *La Chasse à l'amour*, ein posthum veröffentlichter Band ihrer autobiographischen Trilogie: »Sie haben den Anfang von *Ravages* abgelehnt. Das ist Mord. Sie wollten die Offenheit von *Thérèse et Isabelle* nicht. Sie fürchteten die Zensur. Wo haust die Zensur? Was sind ihre Ticks, ihre Manien? Ich kann sie nicht einschätzen. […] Ich habe eine Schule gebaut … einen Schlafsaal … einen Speisesaal … einen Musiksaal … einen Pausenhof … Jeder Stein ein Gefühl. Jeder Balken eine Erschütterung. Meine Erinnerungskelle. Mein Mörtel, um Empfindungen zu zementieren. Meine Konstruktion war stabil. Meine Konstruktion stürzt ein. Mit den Fingerspitzen hat die Zensur mein Haus zum Einsturz gebracht. […] An dem Tag, als ich von der Ablehnung erfuhr, hatte ich Schmerzen in der Brust. […] Ich war mitten ins Herz getroffen. Die Gesellschaft bäumt sich auf, noch bevor mein Buch erscheint. Meine Arbeit ist in Stücke geschlagen. Meine Suche in der Nacht der Erinnerung, nach dem magischen Auge einer Brust, nach dem Gesicht, der Blume, dem Fleisch eines aufklaffenden

Frauengeschlechts ... Meine Suche, eine leere Pflasterschachtel. [...] Weiterschreiben, nach einer solchen Ablehnung? Ich kann es nicht. Es ragen alle Zeit Stümpfe aus meiner Haut.«

Simone de Beauvoir versucht, *Ravages* anderen Verlegern anzubieten. Vergebens. Sie verlangen noch mehr Streichungen. Violette Leduc lenkt ein, ihren Roman in bereinigter Fassung 1955 bei Gallimard zu veröffentlichen. Das Buch wird von den Kritikern gelobt, doch es hat keinen kommerziellen Erfolg. Jacques Guérin, Violette Leducs Freund und Mäzen, lässt also auf eigene Kosten eine private Auflage von *Thérèse et Isabelle* drucken, gedacht für einen Kreis von Bewunderern.

Die Zensur und der Misserfolg von *Ravages* führen bei Violette Leduc zu Angststörungen. Sie erhält Elektroschocks, macht eine lange Schlafkur. Doch sie hat weder die Lust am Schreiben noch am Leben verloren.

Zu Beginn der sechziger Jahre versetzt Violette Leduc auf Anraten von Simone de Beauvoir einen Teil von *Thérèse et Isabelle* in das dritte Kapitel ihres Romans *La Bâtarde*. Sie streicht Passagen, macht seitenlange Kürzungen, schwächt Metaphern ab, ändert manche Dialoge. Thérèse wird in Violette verwandelt. Der Rest von *Thérèse et Isabelle* wird dank des Erfolgs von *La Bâtarde* veröffentlicht.

1966 unterzeichnet Violette Leduc, gestärkt durch ihre Bekanntheit und sicherlich aus »Rachegelüsten«, einen Vertrag mit Jean-Jacques Pauvert. Gaston Gallimard hatte sie zuvor darüber informiert: »Sie erinnern sich sicher, dass Sie die ersten hundertfünfzig Seiten von *Ravages* abgelehnt haben. Dieser Text ist infolgedessen in limitierter Auflage erschienen. Er trägt den Titel *Thérèse et Isabelle*. Ich möchte Sie nun darauf hinweisen, dass der gleiche Text selbstverständlich in einer kommerzialisierten Ausgabe erscheinen wird.«

Der Verleger ruft sogleich zur Ordnung: »Wir sind gemeinsam zu der Übereinkunft gekommen, dass ein Aufschub der Veröffentlichung dieses Textes, der zuerst Teil von *Ravages* werden sollte, vorzuziehen ist. Damals mussten wir mit juristischen Folgen rechnen, die den Verkauf dieses Buches im Buchhandel gelähmt hätten, so dass ich es Ihnen freigestellt habe, *Thérèse et Isabelle* gesondert zu veröffentlichen, in einer unverkäuflichen und limitierten Ausgabe, unter der Prämisse, dass ich den Erstanspruch auf eine größere Publikation behalte, sobald es die Umstände zulassen. Es stand jedoch immer außer Frage, diesen Text abzulehnen.«

Violette Leduc gibt den Forderungen des Verlegers, der an jenem Tag zugegebenermaßen nicht ganz ehrlich ist, nach. *Thérèse et Isabelle* wird rasch bei Gallimard gedruckt und kommt im Juli 1966 in den Buchhandel.

In den fünfziger Jahren konnte Violette Leduc weder, wie Jean Genet, von einem Ruf als »Aufrührerin« profitieren, noch genoss sie den öffentlichen Rückhalt berühmter Schriftsteller. Erst 1964 schreibt Simone de Beauvoir ihr Vorwort für *La Batârde*.

Es ist das Privileg großer Künstler, ihrer Zeit voraus zu sein. Es ist das Los der »Verdammten«, erst posthum Anerkennung zu erfahren. Das gilt für eine Frau umso mehr. Virginia Woolf hat es vorausgesehen: »Wenn eine Frau über ihre Gefühle schriebe, wie sie sie empfindet, würde kein Mann sie veröffentlichen.« Heute erscheint *Thérèse et Isabelle* endlich als eigenständiges Werk, in seiner ursprünglichen Kohärenz und Kontinuität.

Carlo Jansiti

Morgane Ortin
Du wirst mein Herz verwüsten
Roman
Aus dem Französischen von Annabelle Hirsch
288 Seiten. Gebunden mit ausklappbarem Vorsatz
ISBN 978-3-351-05077-1
Auch als E-Book lieferbar

Der Liebesbestseller aus Frankreich – jung, poetisch und verführerisch

Sie begegnen sich, verlieben, verzehren und verlieren sich. Und sie schreiben sich – immerzu und überall. Kurznachrichten. In den Rauschmomenten des ersten Verliebtseins, in den Wellen der Lust bis zu den großen Zweifeln und Ängsten. »Du wirst mein Herz verwüsten« ist die Geschichte von zwei Menschen, die sich finden, sich lieben und allen Beziehungsfragen gegenüberstehen. Es ist die universelle Geschichte der Liebe von heute. Morgane Ortin hat den Sound unserer Zeit in einen Liebesroman gegossen. Ihr Buch ist ein sanfter Appell an die Kraft der Romantik, an die Poesie der Liebe im Hier und Jetzt.

»Dieser Roman macht uns Lust zu lieben.« Le Monde

**Regelmäßige Informationen erhalten Sie über unseren Newsletter.
Jetzt anmelden unter: www.aufbau-verlag.de/newsletter**

Olivier Guez
Koskas und die Wirren der Liebe
Roman
Aus dem Französischen von Nicola Denis
336 Seiten. Gebunden mit Schutzumschlag
ISBN 978-3-351-03480-1
Auch als E-Book lieferbar

»Dem Charme von Jacques Koskas muss einfach jeder erliegen!«
Leila Slimani

Jacques Koskas hockt in der französischen Provinz, träumt von wilden Liebschaften und einer Karriere als Journalist. Doch der Mittdreißiger wird von den Erwartungen seiner sephardisch-jüdischen Familie gequält. Irgendwann hält es Koskas nicht mehr aus und steigt in den nächsten Zug nach Berlin. Dort lernt er Barbara kennen. Durch Berlins Straßen und Kneipen weht die Aufbruchstimmung der Nullerjahre und Koskas glaubt endlich zu wissen, wo er hingehört. Bestsellerautor Olivier Guez nimmt uns mit auf eine humorvolle, philosophische Reise in seine Vergangenheit. »Koskas und die Wirren der Liebe« ist sein Debüt, aber vor allem sein persönlichstes Buch!

»Herrlich amüsant!« David Foenkinos, Bestsellerautor

**Regelmäßige Informationen erhalten Sie über unseren Newsletter.
Jetzt anmelden unter: www.aufbau-verlag.de/newsletter**

Mary Gaitskill
Bad Behavior. Schlechter Umgang
Erzählungen
Aus dem Englischen von Nikolaus Hansen
256 Seiten. Gebunden mit ausklappbarem Vorsatz
ISBN 978-3-351-05079-5
Auch als E-Book lieferbar

»Eigensinnig und höchst originell, mit diesem Rhythmus und den besonderen Wendungen, – reines Lesevergnügen!« Alice Munro.

Endlich wieder auf Deutsch – das Kultbuch, das heute Vorbild für eine neue Generation von Autorinnen ist: Mary Gaitskills Storys sorgten in den achtziger Jahren für eine Sensation. Wie ein Komet schlug ihr Debüt in der New Yorker Literaturszene ein, so schonungslos ehrlich sind ihre Geschichten über die geheimsten Wünsche und Sehnsüchte ihrer Figuren. Ein faszinierender Einblick in die wahren Nachtseiten der Großstadt.

»Mary Gaitskill bleibt das Maß aller Dinge.« The Guardian.

**Regelmäßige Informationen erhalten Sie über unseren Newsletter.
Jetzt anmelden unter: www.aufbau-verlag.de/newsletter**